Samuel Beckett

COMO É

Tradução e posfácio
Ana Helena Souza

ILUMI//URAS

Título original:
How is it / Comment c'est

Copyright © 2002
Samuel Beckett
© 1961 Les Editions de Minuit

Tradução baseada no texto em inglês de *How it is*
(Londres, John Calder Publisher, 1964)

Copyright © 2020 desta edição e tradução
Editora Iluminuras Ltda.

Capa
Eder Cardoso / Iluminuras
sobre *Cell VI* (1991), madeira pintada e metal [160 cm x 114,3 cm x 114,3 cm],
Louise Bourgeois. Cortesia Robert Miller Gallery, Nova York.

Revisão
Bruno Simões

CIP-BRASIL. CATALOGAÇÃO NA PUBLICAÇÃO
SINDICATO NACIONAL DOS EDITORES DE LIVROS, RJ

B356c

Beckett, Samuel, 1906-1989
    Como é / Samuel Beckett ; tradução e posfácio Ana Helena Souza. - 1. ed., reimpr. - São Paulo : Iluminuras, 2020.
    192 p. ; 21 cm.

Tradução de : How is it : comment c'est
ISBN 85-7321-185-7

1. Romance irlandês. I. Souza, Ana Helena. II. Título.

20-65198
                                          CDD: 823.9915
                                          CDU: 82-31(417)

ILUMI/URAS
desde 1987
Rua Salvador Corrêa, 119 - 04109-070 - São Paulo/SP - Brasil
Tel./ Fax: 55 11 3031-6161
iluminuras@iluminuras.com.br
www.iluminuras.com.br

ÍNDICE

COMO É

PARTE I 9

PARTE II 59

PARTE III 113

POSFÁCIO 165
Como é: limites e desenvolvimentos da prosa de ficção
Ana Helena Souza

NOTAS 179

CRONOLOGIA 185
Trabalhos mais importantes de Samuel Beckett

COMO É

Notas da tradução

Nesta edição, as notas não estão assinaladas no texto, em virtude de composição e disposição das características gráficas especiais de *Como é*. Encontram-se no final do volume, com a indicação do número de página, e limitam-se a esclarecer algumas referências e palavras que não constam em dicionários de uso corrente.

PARTE

como era eu cito antes de Pim com Pim depois de Pim como é três partes eu o digo como ouço

voz uma vez fora quaqua por todos os lados então em mim quando a ofegação para conte-me outra vez termine de me contar invocação

momentos passados velhos sonhos de volta outra vez ou novos como os que passam ou coisas coisas sempre e memórias eu as digo como ouço murmuro-as na lama

em mim que estavam fora quando a ofegação para sobras de uma voz antiga em mim não minha

minha vida último estado última versão mal dita mal-ouvida malrecapturada mal murmurada na lama breves movimentos da face inferior perdas por toda parte

registrada entretanto é melhor de algum modo em algum lugar como está como surge minha vida meus momentos nem a milionésima parte tudo perdido quase tudo alguém ouvindo outro anotando ou o mesmo

aqui então parte um como era antes de Pim seguimos cito a ordem natural mais ou menos minha vida último estado última versão o que resta bocados e sobras eu a ouço minha vida ordem natural mais ou menos aprendo-a cito um dado momento passado há muito vasta extensão de tempo a partir dali daquele momento e seguintes não todos uma seleção ordem natural vastos tratos de tempo parte um antes de Pim como cheguei aqui não é o caso não se sabe não se diz e o saco de onde o saco e eu se sou eu não é o caso impossível fraco demais nenhuma importância

vida vida a outra em cima na luz diz-se que teria sido minha a intervalos sem volta lá para cima não é o caso ninguém me pedindo isso nunca lá algumas imagens a intervalos na lama terra céu algumas criaturas na luz algumas ainda de pé

o saco único bem única posse saco de carvão ao tato pequeno ou médio trinta quilos quarenta quilos juta molhada eu o aperto ele pinga no presente mas há muito passado há muito decorrido vasta extensão de tempo o começo esta vida primeiro sinal primeiríssimo de vida

então no meu cotovelo cito me vejo me apoio meto meu braço no saco estamos falando do saco meto dentro conto as latas impossível com uma mão continuar tentando um dia será possível

esvaziá-las na lama as latas colocá-las de volta uma por uma no saco impossível fraco demais medo da perda

sem apetite um bocado de atum então mofado comer mofado não precisa se preocupar não vou morrer nunca morrerei de fome

a lata brocada reposta no saco ou mantida na mão é um ou outro eu me lembro quando o apetite renasce ou esqueço abro outra é um ou outro algo errado aí é o começo de minha vida formulação atual

outras certezas a lama o escuro recapitulo o saco as latas a lama
o escuro o silêncio a solidão nada mais por enquanto

me vejo de bruços fecho meus olhos não os azuis os outros
atrás e me vejo de bruços a boca abre a língua sai rola na lama
e não é o caso de sede também não é o caso de morrer de sede
também todo esse tempo vasta extensão de tempo

vida na luz primeira imagem uma criatura ou outra eu o
observava do meu jeito à distância com minha luneta de viés
em espelhos pelas janelas à noite primeira imagem

dizendo a mim mesmo ele está melhor do que estava melhor
que ontem menos feio menos burro menos cruel menos sujo
menos velho menos desgraçado e você dizendo a mim mesmo
e você de mal a pior mal a pior inabalavelmente

algo errado aí

ou nada pior dizendo a mim mesmo nada pior você não está
nada pior e era pior

mijei e caguei outra imagem no meu berço nunca tão limpo
desde

eu cortava em finas tiras as asas das borboletas primeiro uma asa então a outra às vezes para variar as duas lado a lado nunca tão bom desde

isto é tudo por enquanto lá deixo eu o ouço murmuro-o para a lama lá deixo por enquanto a vida na luz ela se apaga

de bruços na lama e no escuro me vejo é uma pausa nada mais estou viajando é um descanso nada mais

perguntas se eu perdesse o abridor de latas eis outro objeto ou quando o saco estiver vazio este gênero

abjetas abjetas épocas cada heroica vista da seguinte quando virá a última quando foi a minha dourada todo rato tem seu dia de rei eu o digo como ouço

joelhos encolhidos costas curvas em arco aperto o saco contra minha barriga me vejo agora de lado eu o agarro o saco estamos falando do saco com uma mão por trás das costas o arrasto para baixo de minha cabeça sem soltá-lo nunca o solto

algo errado aí

não medo cito de perdê-lo algo mais não se sabe não se diz quando estiver vazio vou pôr minha cabeça dentro depois meus ombros minha cabeça tocará o fundo outra imagem tão depressa outra vez uma mulher levanta o olhar me olha as imagens vêm no começo parte um elas cessarão eu o digo como ouço murmuro-o na lama as imagens parte um como era antes de Pim eu as vejo na lama uma luz se acende elas cessarão uma mulher eu a vejo na lama

ela se senta afastada dez metros quinze metros levanta o olhar me olha diz afinal para si mesma está tudo bem ele está trabalhando

minha cabeça onde está minha cabeça ela descansa sobre a mesa minha mão treme sobre a mesa ela vê que não estou dormindo o vento sopra tempestuoso as nuvenzinhas impelidas por ele a mesa desliza da luz à escuridão da escuridão à luz

isto não é tudo ela se inclina para seu trabalho outra vez a agulha para no meio do ponto ela se endireita e me olha outra vez ela tem apenas que me chamar pelo nome levantar vir e me tocar mas não

eu não me mexo sua ansiedade aumenta de repente ela sai de casa e corre para amigos

isto é tudo não foi um sonho não sonhei isso nem uma memória não me foram dadas memórias desta vez foi uma imagem do tipo que vejo às vezes vejo na lama parte um às vezes via

com o gesto de alguém dando cartas e que também se observa entre certos semeadores de grãos jogo fora as latas vazias elas caem sem um som caem se posso acreditar naquelas que às vezes encontro em meu caminho e então me apresso em jogar fora outra vez

tepidez de lama primordial escuro impenetrável

de repente como tudo que não era então é eu vou não por causa da merda e do vômito algo mais não se sabe não se diz daí os preparativos série súbita sujeito objeto sujeito objeto rápida sucessão e avante

tirar a corda do saco eis outro objeto amarrar a boca do saco pendurá-lo no pescoço sabendo que vou precisar das duas mãos ou ainda instinto é um ou outro e avante perna direita braço direito empurrar puxar dez metros quinze metros pausa

no saco então até agora as latas o abridor a corda mas o desejo de algo mais não isto não parece ter sido dado a mim desta vez a imagem de outras coisas comigo lá na lama no escuro no saco ao alcance não isto não parece ter sido colocado em minha vida desta vez

coisas úteis um pano para me limpar este gênero ou bonitas ao tato que tendo buscado em vão entre as latas ora uma ora outra obedecendo ao desejo à imagem do momento que quando fatigado de buscar assim poderia prometer a mim mesmo buscar outra vez um pouco mais tarde quando menos fatigado um pouco menos ou tentar banir de meus pensamentos dizendo certo certo não pense mais nisso

não o desejo de ser menos desgraçado um pouco menos o desejo por um pouco de beleza não quando a ofegação para eu não ouço nada do tipo não é como me contam desta vez

nem visitantes na minha vida desta vez nenhum desejo de visitantes acorrendo de todos os lados todos os tipos para falarem comigo sobre eles a vida também e a morte como se nada tivesse acontecido eu talvez também no fim para me ajudar a durar então adeus até nos encontrarmos outra vez cada qual de volta pelo caminho que veio

todos os tipos homens velhos como eles me embalaram nos joelhos pacotinho de cueiros e rendas depois acompanhado em minha carreira

outros não sabendo nada de meus começos salvo o que podiam colher por ouvir dizer ou nos registros públicos nada de meus começos na vida

outros que sempre me conheceram aqui no meu último lugar eles falam comigo deles de mim também talvez no fim de alegrias passageiras e de tristezas de impérios que nascem e morrem como se nada tivesse acontecido outros enfim que não me conhecem mesmo assim passam com o andar carregado murmurando para si mesmos que buscaram refúgio num lugar deserto para ficarem sozinhos afinal e chorarem suas mágoas sem serem ouvidos

se eles me veem eu sou um monstro das solidões ele vê o homem pela primeira vez e não foge diante dele exploradores levam para casa sua pele entre seus troféus

de repente ao longe o passo a voz nada então de repente algo algo então de repente nada de repente ao longe o silêncio

a vida então sem visitantes formulação atual nenhum visitante desta vez nenhuma história exceto a minha nenhum silêncio exceto o silêncio que devo quebrar quando não puder mais suportá-lo é com isso que tenho que durar

pergunta se outros habitantes aqui comigo sim ou não obviamente toda-importante da maior importância e a partir daí longa disputa tão minuciosa que momentos quando o sim deve ser temido até que enfim conclusão não eu único eleito a ofegação para e isto é tudo que eu ouço quase não ouço a pergunta a resposta quase inaudível se outros habitantes além de mim aqui comigo para sempre no escuro na lama longa disputa completamente perdida e enfim conclusão não eu único eleito

e todavia um sonho me foi dado um sonho como a alguém que tendo provado o amor de uma mulherzinha ao meu alcance e sonhando também está no sonho também de um homenzinho dentro do dela eu tenho isso na minha vida desta vez às vezes parte um enquanto viajo ou falhando a carne congênere uma lhama sonho de emergência uma lhama alpaca a história que eu sabia meu Deus a natural

ela não viria até mim eu iria até ela aconchegar-me no seu velo mas eles acrescentam não uma besta aqui não a alma é de rigueur a mente também um mínimo de cada senão demasiada honra

me viro para a mão que está livre trago-a até meu rosto é um recurso quando tudo falha imagens sonhos são alimento para o pensamento algo errado aí

quando as grandes necessidades falham a necessidade de ir em frente a necessidade de cagar e vomitar e as outras grandes necessidades todas as minhas grandes categorias do ser

então para a minha mão que está livre mais do que para qualquer outra parte eu o digo como ouço breves movimentos da face inferior com murmúrio para a lama

ela se aproxima dos meus olhos eu não a vejo fecho os olhos algo está faltando embora normalmente fechados ou abertos meus olhos

se isto não é o bastante eu a sacudo minha mão estamos falando da minha mão dez segundos quinze segundos fecho os olhos uma cortina cai

se não é o bastante coloco-a sobre meu rosto ela o cobre inteiramente mas eu não gosto de me tocar eles não me deixaram isto desta vez eu a chamo ela não vem não posso viver sem ela eu a chamo com todas as minhas forças não é forte o bastante me torno mortal outra vez

minha memória obviamente a ofegação para e pergunta sobre minha memória obviamente que também toda-importante também da maior importância também essa voz é realmente mutável da qual tão pouco deixado em mim bocados e sobras quase inaudíveis quando a ofegação para tão pouco tão débil nem a milionésima parte eu o digo como ouço murmuro-o para a lama cada palavra sempre

o que sobre ela minha memória estamos falando da minha memória não tanto que está melhorando que está piorando que as coisas estão voltando para mim nada está voltando para mim mas daí a se concluir que

a se concluir daí que ninguém jamais virá outra vez e me iluminará com sua luz e nada jamais outra vez sobre outros dias outras noites não

a seguir outra imagem uma outra ainda tão depressa outra vez a terceira talvez elas logo cessarão sou eu por inteiro e o rosto de minha mãe eu o vejo de baixo não se parece com nada que já tenha visto

estamos numa varanda sufocada em verbena o sol perfumado salpica as telhas vermelhas sim eu lhe garanto a enorme cabeça coberta com chapéu de flores e pássaros se inclina sobre meus cachos os olhos ardem com amor severo eu lhe ofereço os meus pálidos elevados para o céu de onde nos vem o socorro e que eu sei talvez mesmo então com o tempo se extinguirá

numa palavra ereto teso numa almofada de joelhos submerso numa camisola rezo de acordo com suas instruções

isto não é tudo ela fecha os olhos e sussurra um pedaço do assim chamado Credo dos Apóstolos fixo furtivamente seus lábios

ela para seus olhos ardem sobre mim outra vez elevo os meus com pressa e repito de esguelha

o ar vibra com o zumbido dos insetos

isto é tudo apaga-se como uma lamparina que se sopra

o espaço de um momento o momento que passa este é todo o meu passado ratinho nos meus calcanhares o resto falso

falso aquele velho tempo parte um como era antes de Pim vasta extensão de tempo quando eu me arrasto e me arrasto atônito de ser capaz a corda serrando meu pescoço o saco balançando do meu lado uma mão atirada para frente em direção ao muro à sarjeta que nunca chegam algo errado aí

e Pim parte dois o que eu fiz com ele o que ele me disse

falso como aquela cabeça morta a mão viva ainda a mesinha sacudindo-se nas nuvens a mulher se levantando de um salto e correndo para fora no vento

não importa eu não digo mais vou citando será que sou eu será que sou eu eu não sou mais daquele jeito eles me tiraram isso desta vez tudo que digo é como durar como durar

parte um antes de Pim antes da descoberta de Pim acabar com esta deixando só a parte dois com Pim como era então deixando só a parte três depois de Pim como era então como é vastos tratos de tempo

meu saco única variável meus dias minhas noites minhas estações e minhas festas ele diz Quaresma eterna então de repente Todos os Santos nada de verão naquele ano se é o mesmo nem muita primavera de fato meu saco graças a meu saco que continuo morrendo numa época moribunda

minhas latas todos os tipos minguando mas não tão rápido quanto o apetite formas diferentes nenhuma preferência mas os dedos sabem tão logo agarradas ao acaso

minguando de que maneira estranha mas o que é estranho aqui sem diminuir há anos então de repente metade delas

essas palavras daqueles para quem e sob quem e ao redor a terra gira e tudo gira essas palavras aqui outra vez dias noites anos estações este gênero os dedos enganados a boca resignada a uma azeitona e recebeu uma cereja mas sem preferência sem busca nem mesmo por uma linguagem feita para mim feita para aqui sem mais buscas

o saco quando estiver vazio meu saco uma posse esta palavra levemente sibilando breve vácuo e enfim aposição anomalia anomalia um saco aqui meu saco quando estiver vazio bah tenho provisões de tempo séculos de tempo

séculos posso me ver bem pequenino o mesmo que agora mais ou menos só menor ainda bem pequenino sem mais objetos sem mais comida e eu vivo o ar me sustenta a lama vou vivendo

o saco de novo outras conexões eu o tomo em meus braços falo com ele ponho minha cabeça dentro dele esfrego minha bochecha nele deito meus lábios nele viro-me de costas nele viro-me para ele de novo aperto-o contra mim de novo digo-lhe tu tu

digo digo parte um nenhum som as sílabas movem meus lábios e tudo ao redor tudo em baixo isto me ajuda a compreender

este é o discurso que me foi dado parte um antes de Pim pergunta se eu o uso livremente não se diz ou eu não ouço é um ou outro tudo que ouço é que uma testemunha eu precisaria de uma testemunha

ele vive curvado sobre mim esta é a vida que lhe foi dada toda a minha superfície visível banhando-se na luz de suas lâmpadas quando eu vou ele me segue curvado em dois seu ajudante senta-se um pouco ao longe ele anuncia breves movimentos da face inferior o ajudante anota no seu livro de registros

minha mão não vem as palavras não vêm nenhuma palavra nem mesmo sem som estou necessitado de uma palavra de minha mão extrema necessidade não consigo elas não virão isso também

deterioração do senso de humor menos lágrimas também isso também elas estão falhando também e aí uma outra imagem mais uma um menino sentado numa cama no escuro ou um velho pequeno não consigo ver com sua cabeça entre as mãos seja ela jovem seja ela velha sua cabeça em suas mãos eu me aproprio deste coração

pergunta se sou feliz no presente ainda coisas tão antigas um pouco feliz a intervalos parte um antes de Pim breve vácuo e quase inaudível não não eu o sentiria e breve apostila quase inaudível não feito não de verdade para a felicidade a infelicidade a paz de espírito

ratos não nada de ratos desta vez eu os enojei o que mais neste período parte um antes de Pim vasta extensão de tempo

a mão mergulha em garra para pegar ao invés do lodo familiar uma bunda de barriga ele também antes disso o que mais isto é o bastante estou indo

não a merda não o vômito algo mais estou indo o saco amarrado ao pescoço estou pronto primeira coisa campo livre para a perna qual perna breve vácuo e quase inaudível a direita é melhor me viro de lado qual lado o esquerdo é melhor jogo a mão direita para frente dobro o joelho direito estas juntas estão funcionando os dedos das mãos afundam os dos pés afundam no lodo estes são meus apoios forte demais o lodo é forte demais apoios é forte demais eu o digo como ouço

empurrar puxar a perna se endireita o braço dobra todas estas juntas estão funcionando a cabeça chega junto com a mão estendido de bruços e descansar

o outro lado perna esquerda braço esquerdo empurrar puxar a cabeça e a parte superior do tronco levantam livres reduzindo o atrito voltam a cair correspondentemente rastejo a furta-passo dez metros quinze metros pausa

sono duração do sono acordo o quanto mais perto do último

uma fantasia me foi dada uma fantasia a ofegação para e um relógio-sopro sopro de vida a cabeça num balão de oxigênio por meia hora acordar quando você engasga repetir cinco vezes seis vezes isto é o bastante agora sei estou descansado minhas forças restauradas o dia pode começar essas sobras quase inaudíveis de uma fantasia

sempre com sono pouco sono é assim que eles estão tentando me contar desta vez chupado cuspido fora bocejando bocejando sempre com sono pouco sono

essa voz uma vez quaqua então em mim quando a ofegação para parte três depois de Pim não antes não com viajei encontrei Pim perdi Pim acabou estou na parte três depois de Pim como era como é eu o digo como ouço ordem natural mais ou menos bocados e sobras na lama minha vida murmurá-la para a lama aprendo-a ordem natural mais ou menos antes de Pim com Pim vastos tratos de tempo como era minha vida desaparecida então depois então agora depois de Pim como é minha vida bocados e sobras

eu a digo minha vida como vem ordem natural meus lábios se movem posso senti-los ela sai na lama minha vida o que resta mal dita malrecapturada quando a ofegação para mal murmurada para a lama no presente tudo isso coisas tão antigas ordem natural a viagem o casal o abandono tudo isso no presente quase inaudível bocados e sobras

viajei encontrei Pim perdi Pim acabou aquela vida aqueles períodos daquela vida primeiro segundo agora terceiro ofegar ofegar a ofegação para e ouço quase inaudível como eu viajo com meu saco minhas latas no escuro na lama rastejo a furta-passo em direção a Pim sem o saber bocados e sobras no presente coisas tão antigas ouvi-las murmurá-las como elas vêm quase inaudíveis para a lama

parte um antes de Pim a viagem não pode durar dura estou calmo mais calmo você acha que está calmo e não está nas mais baixas profundezas e você está à beira eu o digo como ouço e que a morte a morte se ela vem mesmo isto é tudo morre

morre e vejo um croco num vaso numa área num porão um açafrão o sol sobe a parede uma mão a mantém no sol essa flor amarela com um cordão vejo a mão imagem longa longas horas o sol se vai o vaso desce pousa no chão a mão se vai a parede se vai trapos de vida na luz ouço e não nego não acredito não digo mais quem é que está falando isto não se diz mais deve ter deixado de ser interessante mas palavras como agora antes de Pim não não isto não se diz só as minhas minhas palavras minhas apenas uma ou duas sem som breves movimentos toda a inferior nenhum som quando consigo eis a diferença grande confusão

vejo todos os tamanhos a vida incluída se esta é a minha a luz se acende na lama a prece a cabeça sobre a mesa o croco o velho em lágrimas as lágrimas atrás das mãos céus todos os tipos diferentes tipos em terra e mar azul de repente dourado e verde da terra de repente na lama

mas palavras como agora palavras não as minhas antes de Pim não não isto não se diz eis a diferença eu o ouço entre então e agora uma das diferenças dentre as semelhanças

as palavras de Pim sua voz extorquida ele para eu intervenho todo o necessário ele recomeça eu poderia escutá-lo para sempre mas as minhas acabar com as minhas ordem natural antes de Pim o pouco que digo nenhum som o pouco que vejo de uma vida não nego não acredito mas no que acreditar no saco talvez no escuro na lama na morte talvez para rematar depois de tanta vida há momentos

como cheguei aqui se sou eu nenhuma pergunta fraco demais sem interesse mas aqui neste lugar onde começo desta vez formulação atual parte um minha vida apertar o saco ele pinga primeiro sinal este lugar algumas sobras você está aí em algum lugar vivo em algum lugar vasta extensão de tempo então acabou você não está mais aí vivo não mais então outra vez você está aí outra vez vivo outra vez não tinha acabado um erro você recomeça tudo outra vez mais ou menos no mesmo lugar ou em outro como quando outra imagem em cima na luz você volta a si no hospital no escuro

o mesmo que qual qual lugar não se diz ou eu não ouço é um ou outro o mesmo mais ou menos mais úmido menos clarões nenhum clarão o que significa isso que eu estava uma vez em algum lugar onde havia clarões eu o digo como ouço cada palavra sempre

mais úmido menos clarões nenhum clarão e silenciados os queridos sons pretexto para especulação devo ter escorregado você está nas profundezas é o fim você cessou você escorrega você continua

outra época e mais outra familiar apesar de suas estranhezas este saco este lodo o ar ameno o escuro negro as imagens coloridas a força para rastejar todas essas estranhezas

mas progresso propriamente assim chamadas ruínas em perspectiva como no querido século dez o querido vinte que você poderia dizer para si mesmo para um novato ideal ah se você tivesse visto isso há quatrocentos anos que insurreições

ah meu jovem amigo este saco se você o tivesse visto eu mal podia arrastá-lo e agora olhe meu vértice toca o fundo e eu nenhuma ruga nem uma

no fim das miríades de horas uma hora minha um quarto de hora há momentos é porque tenho sofrido devo ter sofrido moralmente esperado mais de uma vez desesperado para combinar seu coração sangra você perde seu coração gota a gota chora até mesmo uma inesperada lágrima interior nenhum som nada mais de imagens nada mais de viagens nada mais de fome ou sede o coração está indo você logo estará lá eu o ouço há momentos eles são bons momentos

paraíso antes da esperança do sono eu vou ao sono volto entre os dois há tudo todo o fazer sofrer falhar estragar alcançar até que a lama boceje outra vez isto é como eles estão tentando me contar desta vez parte um antes de Pim de um sono a outro

então Pim as latas perdidas a mão tateando a bunda os dois gritos o meu mudo o nascimento da esperança andar com isso terminar isso deixar isso para trás sentir o coração indo ouvir isso dito você está quase lá

estar com Pim ter estado com Pim tê-lo deixado para trás ouvir isso dito ele vai voltar outro virá melhor do que Pim ele está vindo perna direita braço direito empurrar puxar dez metros quinze metros você fica quieto onde está no escuro na lama e sobre você de repente uma mão como a sua em Pim dois gritos o dele mudo você terá uma vozinha será quase inaudível você sussurrará no seu ouvido você terá uma vidinha você vai sussurrá-la no seu ouvido será diferente bem diferente uma música bem diferente você verá um pouco como Pim uma vidinha música mas na sua boca será nova para você

então vá para sempre e nada de adeus esta época terminará todas as épocas ou simplesmente você não mais viagens não mais casais não mais abandonos jamais outra vez em lugar nenhum ouça isto

como era antes de Pim primeiro dizer aquela ordem natural as mesmas coisas as mesmas coisas dizê-las como as ouço murmuro-as para a lama dividir em três uma única eternidade por amor à clareza acordo e lá vou eu toda a vida parte um antes de Pim como era deixando só com Pim como era deixando só depois de Pim como era como é quando a ofegação para bocados e sobras acordo e lá vou eu meu dia minha vida parte um bocados e sobras

dormindo me vejo dormindo de lado ou de bruços é um ou outro de lado é melhor qual lado o direito é melhor o saco embaixo da cabeça ou apertado contra a barriga apertado contra a barriga os joelhos dobrados as costas curvas em arco a pequenina cabeça perto dos joelhos enrolada em volta do saco Belacqua caído de lado cansado de esperar esquecido dos corações onde a graça habita dormindo

não sei que inseto enrodilhado no seu tesouro volto de mãos vazias para mim para o meu lugar o que para começar perguntar isto a mim mesmo durar um momento com isto o que para começar meu longo dia minha vida formulação atual durar um momento com isso espiralado em volta do meu tesouro escutando meu Deus ter de murmurar isto

vinte anos cem anos atrás nem um som e eu escuto nem um clarão e forço meus olhos quatrocentas vezes minha única estação aperto o saco mais para perto de mim uma lata tine primeira trégua primeiríssima do silêncio desta seiva negra

algo errado aí

a lama nunca fria nunca seca ela não seca em mim o ar carregado de tépido vapor de água ou algum outro líquido farejo o ar não cheiro nada cem anos nem um cheiro farejo o ar

nada seca agarro o saco primeiro sinal real de vida ele pinga uma lata tine meu cabelo nunca seca nenhuma eletricidade impossível fofá-lo eu o penteio isto pode acontecer eis outro objeto lá para trás eis outro de meus recursos uma vez era não agora não mais parte três eis outra diferença

a moral no princípio antes que as coisas fugissem ao controle satisfatória ah a alma que eu tinha naqueles dias a equanimidade é por isso que eles me deram um companheiro ainda é meu dia parte um antes de Pim minha vida formulação atual o começo mesmo bocados e sobras volto a mim ao meu lugar no escuro na lama agarro o saco uma lata tine me preparo estou indo fim da viagem

falar de felicidade hesita-se essas sílabas horrorosas primeiros aspargos abscesso estourado mas bons momentos sim eu lhe garanto antes de Pim com Pim depois de Pim vastos tratos de tempo bons momentos diga o que eu disser menos bons também eles devem ser esperados eu o ouço eu o murmuro tão logo ouvidas queridas sobras registradas em algum lugar é melhor alguém escutando outro anotando ou o mesmo nunca uma queixa uma inesperada lágrima interior nenhum som uma pérola vastos tratos de tempo ordem natural

de repente como tudo que parece estar suspenso pelas pontas dos dedos para a sua espécie a daqueles que riem primeiro imagem alpina ou espeleológica momento atroz é aqui que as palavras possuem sua utilidade a lama é muda

aqui então esta provação antes de ir perna direita braço direito empurrar puxar dez metros quinze metros em direção a Pim sem o saber antes disso uma lata tine eu caio durar um momento com isto

o bastante na verdade quase o bastante quando você chega a pensar nisso para fazê-lo rir sentir-se caindo e segurar-se com um guincho breves movimentos da face inferior nenhum som se você chegasse a pensar nisso no que você quase perdeu e então esta lama esplêndida a ofegação para e eu ouço quase inaudível o bastante para fazer você rir primeiro e por último se você chegasse a pensar nisso escapamento silvo é o ar do pouco que resta do pouco a partir do qual o homem continua de pé rindo chorando e falando o que pensa nada físico a saúde não está em risco uma palavra minha e eu sou outra vez me empenho com a boca aberta para não perder um segundo um peido carregado de sentido saindo pela boca nenhum som na lama

ela vem a palavra estamos falando de palavras eu ainda tenho algumas ao que parece à minha disposição neste período uma basta ahã significando mamãe impossível com a boca aberta ela vem dou-lhe permissão de uma vez ou in extremis ou entre os dois há lugar de sobra ahã significando mamãe ou alguma outra coisa algum outro som quase inaudível significando alguma outra coisa não importa a primeira a vir e devolver-me minha dignidade

o tempo que passa me é contado e o tempo passado vastos tratos de tempo a ofegação para e sobras de um conto enorme assim ouvido assim murmurado para esta lama que me é contado ordem natural parte três é lá que tenho minha vida

minha vida ordem natural mais ou menos no presente mais ou menos parte um antes de Pim como era coisas tão antigas a viagem último estágio volto a mim ao meu lugar aperto o saco ele pinga uma lata tine perda da espécie uma palavra nenhum som é o começo da minha vida formulação atual posso ir perseguir minha vida ainda será um homem o que para começar beber para começar eu me viro de bruços isto dura um bom momento eu duro com isto um momento no final a boca abre a língua sai rola na lama isto dura um bom momento eles são bons momentos talvez os melhores difícil escolher a cara na lama a boca aberta a lama na boca a sede abrandando a humanidade reconquistada

às vezes nesta posição uma bela imagem bela quero dizer em movimento e cor azul e branca de nuvens ao vento às vezes alguns dias nesta hora como acontece neste dia na lama uma bela imagem eu a descreverei ela será descrita então ir perna direita braço direito empurrar puxar em direção a Pim ele não existe

às vezes nesta posição adormeço outra vez a língua entra a boca se fecha a lama se abre sou eu que adormeço outra vez paro de beber e durmo outra vez ou a língua para fora e beber a noite toda o tempo todo que durmo esta é a minha noite formulação atual não tenho outra acordo do sono o quanto mais próximo do último daquele dos homens das bestas também acordo me pergunto o quanto mais próximo vou citando durar um momento com isto é outro de meus recursos

a língua fica entupida de lama isto também pode acontecer só um remédio então puxá-la para dentro e chupá-la engolir a lama ou cuspi-la é um ou outro e pergunta se é nutritiva e perspectivas durar um momento com isto

encho minha boca com ela isto também pode acontecer é outro de meus recursos durar um momento com isto e pergunta se engolida seria nutritiva e abertura de perspectivas são bons momentos rosada na lama a língua rola para fora outra vez o que as mãos estão fazendo todo esse tempo deve-se sempre tentar ver o que as mãos estão fazendo bem a esquerda como vimos ainda aperta o saco e a direita

a direita fecho meus olhos não os azuis os outros atrás e finalmente distingo lá longe à direita no fim do seu braço completamente esticado no eixo da clavícula eu o digo como ouço abrindo e fechando na lama abrindo e fechando é outro de meus recursos ele me ajuda

não pode estar longe mal um metro parece longe ela irá algum dia nos seus quatro dedos tendo perdido o polegar algo errado aí ela vai me deixar posso vê-lo fechar meus olhos os outros e vê-lo como ela joga seus quatro dedos para frente como gravetas as pontas mergulham puxam e assim com pequenos içamentos horizontais ela vai indo é uma ajuda ir assim aos poucos isto me ajuda

e as pernas e os olhos os azuis fechados sem dúvida não desde que de repente outra imagem a última aqui na lama eu o digo como ouço eu me vejo

me vejo com uns dezesseis anos e para coroar tudo um tempo magnífico céu   azul-ovo e um galope de nuvenzinhas estou de costas para mim e a moça também que eu seguro e que me segura pela mão a bunda que eu tenho nós estamos se posso acreditar nas cores que forram a grama esmeralda se posso acreditar nelas estamos velho sonho de flores e estações estamos em abril ou em maio e certos acessórios se posso acreditar neles grades brancas uma tribuna de honra rosa velho estamos numa pista de corridas em abril ou em maio

cabeças erguidas olhamos imagino temos imagino os olhos abertos e olhamos à nossa frente fixos como estátuas exceto apenas os braços balançando aquelas mãos entrelaçadas o que mais

na minha mão livre ou esquerda um objeto indefinível e consequentemente na sua direita a extremidade de uma coleira curta ligando-a a um cachorro cinza de bom tamanho sentado sobre as patas traseiras a cabeça baixa imobilidade dessas mãos

pergunta por que uma coleira nesta imensidão de verdura e aparição pouco a pouco de manchas cinzentas e brancas carneiros pouco a pouco entre as ovelhas-mães o que mais a massa azulada fechando a cena três milhas quatro milhas de uma montanha de elevação modesta nossas cabeças ultrapassam o cume

largamos as mãos e nos viramos eu destrogiro ela sinistro ela transfere a coleira para a mão esquerda e eu no mesmo instante para a minha direita o objeto agora um pequeno tijolo cinza pálido as mãos vazias se unem os braços balançam o cachorro não se moveu tenho a impressão que estamos olhando para mim ponho a língua para dentro fecho a boca e sorrio vista de frente a moça é menos hedionda não é com ela que estou preocupado eu pálidos cabelos à escovinha cara vermelha de lua com espinhas barriga protuberante braguilha aberta pernas altas cambaias vergando nos joelhos bem abertas para maior estabilidade pés esparramados cento e trinta graus meio-sorriso fátuo para o horizonte posterior representando a aurora da vida tweed verde botas amarelas todas essas cores prímula ou coisa que o valha na lapela

outra vez uma virada introrso a noventa graus cara a cara fugaz transferência das coisas união das mãos balanço dos braços imobilidade do cachorro o traseiro que eu tenho

de repente upa esquerda direita lá vamos nós narizes empinados braços balançando o cachorro segue cabeça baixa rabo nos colhões nenhuma referência a nós ele teve a mesma ideia no mesmo instante Malebranche menos o matiz rosa as humanidades que eu tinha se ele parar para mijar ele vai mijar sem parar grito nenhum som plantá-la lá e correr para cortar a garganta

breve negro e lá estamos nós outra vez no alto o cachorro sentado nas patas traseiras na urze ele abaixa o focinho até o seu pênis preto e rosa cansado demais para lambê-lo nós pelo contrário outra vez a virada introrso rápido cara a cara transferência das coisas balanço dos braços degustação silenciosa de mar e ilhas cabeças girando como uma só para os fumos da cidade lugar silencioso de campanários e torres cabeças de volta para frente como se num eixo

de repente estamos comendo sanduíches mordidas alternadas eu o meu ela o dela e trocando palavras de carinho minha querida eu mordo ela engole meu querido ela morde eu engulo ainda não arrulhamos de bico cheio

minha querida eu mordo ela engole meu querido ela morde
eu engulo breve negro e lá estamos nós outra vez diminuindo
outra vez através dos pastos mão na mão braços balançando
cabeças erguidas em direção às alturas cada vez menores fora
de visão primeiro o cachorro então nós a cena se livra de nós

alguns animais ainda as ovelhas como afloramentos de granito
um cavalo que eu não tinha visto em pé imóvel costas curvas
cabeça baixa os animais sabem

azul e branco de céu um momento ainda manhã de abril na
lama acabou terminou tive a imagem a cena está vazia alguns
animais ainda então se apaga nenhum azul mais eu fico lá

lá longe à direita na lama a mão abre e fecha isto me ajuda está
indo deixá-la ir noto que ainda estou sorrindo não tem sentido
isso agora não tem tido nenhum há muito tempo agora

minha língua sai outra vez rola na lama fico lá nenhuma sede
mais a língua entra a boca fecha deve ser uma linha reta agora
acabou terminou tive a imagem

isso deve ter durado um bom momento com isso eu durei um
momento eles devem ter sido bons momentos logo será Pim
não posso saber as palavras não vêm solidão logo acabará logo
perdidas aquelas palavras

tive companhia a minha porque isso me diverte eu o digo como ouço e a de uma namoradinha sob o céu de abril ou de maio fomos embora eu fico lá

lá longe à direita a mão que reboca a boca fechada implacável os olhos fixos colados à lama voltaremos talvez será crepúsculo a terra da infância reluzindo outra vez traços de âmbar morrendo numa penumbra de cinzas a terra deve ter sido incendiada quando nos vejo nós já estamos à mão

é crepúsculo estamos indo cansados para casa eu vejo apenas as partes nuas os rostos solidários levantados para o leste a pálida oscilação das mãos unidas cansados e lentos subimos com esforço em direção a mim e desaparecemos

os braços no meio me atravessam e parte dos corpos sombras através de uma sombra a cena está vazia na lama o céu se apaga as cinzas escurecem nenhum mundo me resta agora só o meu muito bonito apenas não assim não acontece assim

espero que nós talvez voltemos e nós não voltamos que o anoitecer talvez me sussurre o que a manhã cantara e aquele dia para aquela manhã nenhum anoitecer

encontrar alguma outra coisa para durar um pouco mais perguntas quem eram eles que seres que ponto da terra este gênero de onde vem esse espetáculo mudo melhor nada comer algo isto deve ter durado um momento deve haver momentos piores a esperança gorada não é o pior o dia está bem adiantado comer algo isto vai durar um momento eles serão bons momentos

então se necessário minha dor qual das minhas muitas a profunda fora de alcance é melhor o problema das minhas dores a solução durar um momento com isto então ir não por causa da merda e do vômito algo mais não se sabe não se diz fim da viagem

perna direita braço direito empurrar puxar dez metros quinze metros chegada novo lugar readaptação prece ao sono pendentes quais as perguntas se necessário quem eram eles que seres que ponto da terra

eles vão ser bons momentos então menos bons isto também deve ser esperado será noite formulação atual posso dormir e se algum dia eu acordar

e se algum dia risada muda eu acordar de imediato catástrofe Pim e fim da parte um deixando só a parte dois deixando só a parte três e última

a ofegação para estou de lado qual lado o direito é melhor abro a boca do saco e perguntas o que meu Deus posso desejar que fome para comer qual foi minha última refeição este gênero o tempo passa eu permaneço é a cena do saco as duas mãos abrem sua boca o que se pode ainda desejar a esquerda mergulha a mão esquerda no saco é a cena do saco e o braço depois até a axila e então

ela erra por entre as latas sem se meter a contá-las anuncia uma dúzia redonda prende-se quem sabe aos últimos pitus estes detalhes pelo amor de algo

ela retira a latinha oval transfere-a para a outra mão volta para procurar o abridor encontra-o finalmente retira-o o abridor estamos falando do abridor com seu cabo de osso comprido ao tato repouso

as mãos o que as mãos estão fazendo quando em repouso difícil ver com o polegar e o indicador respectivamente a parte macia da ponta e o lado exterior da segunda junta algo errado aí pinçar o saco e com os dedos restantes apertar os objetos contra as palmas a lata o abridor estes detalhes de preferência a nada

um erro repouso estamos falando de repouso com quanta frequência de repente neste estágio eu o digo como ouço nesta posição as mãos de repente vazias ainda pinçando o saco nunca soltar o saco do contrário de repente vazias

tatear em pânico na lama pelo abridor que é a minha vida mas do qual não pode ser dito tanto não poderia tanto ser sempre dito meu pequeno perdido sempre vasta extensão de tempo descanso então meus erros são minha vida os joelhos dobram as costas se curvam a cabeça vem repousar no saco entre as mãos meu saco meu corpo todos meus todas estas partes cada parte

meu dizer meu para dizer algo para dizer o que ouço no Érebo no fim eu conseguiria ver meu umbigo a respiração está lá ele não se mexeria uma asa de efemérida sinto a boca abrir

sobre a barriga enlameada vi um dia abençoado com o devido respeito a Heráclito o Obscuro no píncaro do céu anil se elevando entre suas grandes asas negras estendidas imóveis o corpo de neve de não sei que pássaro fragata o gritante albatroz dos mares do sul a história que eu sabia meu Deus a natural os bons momentos que tive

mas último dia de viagem é um bom dia sem surpresas boas ou más assim como fui repousar voltei minhas mãos como as deixei não hei de perder mais nada ver mais nada

o saco minha vida isto nunca solto aqui eu o solto precisando das duas mãos como quando viajo isto se sustenta ah estas súbitas labaredas na cabeça tão vazia e escura quanto o coração possa desejar então de repente como um punhado de farpas em chamas o espetáculo então

necessidade viagem quando hei de dizer bastante fraco mais tarde mais tarde algum dia fraca como eu uma voz minha com as duas mãos portanto como quando viajo ou nelas tomo minha cabeça tomava minha cabeça em cima na luz solto o saco portanto mas só por um momento é minha vida me deito atravessado sobre ele portanto isto se sustenta ainda

através da juta as bordas das últimas latas esporeiam minhas costelas juta deteriorada costelas superiores lado direito logo acima onde os seguramos seguramos nossos lados segurávamos nossos lados minha vida aquele dia não me escapará aquela vida ainda não

se nasci não foi canhoto a mão direita transfere a lata para a outra e esta para aquela no mesmo instante a ferramenta lindo movimento pequena torção dos dedos e palmas pequeno milagre graças ao qual pequeno milagre entre tantos graças aos quais vou vivendo ia vivendo

nada agora só comer dez doze episódios abrir a lata guardar a ferramenta levantar a lata lentamente até o nariz frescor irrepreensível perfume distante de láurea ventura então sonhar ou não esvaziar a lata ou não jogá-la fora ou não tudo isso não se diz não consigo ver sem grande importância limpar minha boca isso sem falta assim por diante e afinal

tomar o saco em meus braços estendê-lo tão leve para mim deitar minha bochecha nele é a grande cena do saco terminou eu a tenho às minhas costas o dia está bem adiantado fechar os olhos enfim e esperar pela minha dor que com ela eu possa durar um pouco mais e enquanto espero prece em vão ao sono não tenho direito a isso ainda ainda não o mereço prece pela prece quando tudo falha quando penso nas almas em tormento tormento verdadeiro almas verdadeiras que não têm direito a isso nenhum direito jamais ao sono estamos falando do sono rezei por elas uma vez se posso acreditar numa velha visão ela desbotou

eu outra vez sempre em toda parte na luz idade desconhecida visto por trás de joelhos a bunda nua no alto de um monte de estrume coberto com um saco o fundo arrebentado para deixar passar a cabeça segurando com a boca o mastro horizontal de um vasto estandarte no qual leio

em tua clemência de vez em quando deixar os grandes condenados dormir aqui algo ilegível nas dobras então sonhar talvez com o bom tempo em que suas traquinagens os aliciaram tempo no qual os demônios podem repousar dez segundos quinze segundos

sono único bem breves movimentos da face inferior nenhum som único bem venha apague estes dois carvões que não têm mais nada para ver e este velho forno destruído pelo fogo e em toda esta moradia

toda esta moradia do nada de cima a baixo do fio do cabelo ao dedão do pé e unhas das mãos o pouco de sensação que ela ainda tem daquilo que ela ainda é em todas as suas partes e sonho

sonho vem de um céu uma terra uma subterra onde eu sou inconcebível aah nenhum som no reto uma lança vermelho-
-ardente naquele dia não rezamos mais

quantas vezes ajoelhado quantas vezes por trás ajoelhado de todos os ângulos por trás em todas as posturas se ele não era eu ele era sempre o mesmo conforto frio

uma nádega duas vezes grande demais a outra duas vezes pequena demais a menos que uma ilusão de ótica aqui quando se caga é a lama que limpa não as toco há uma eternidade em outras palavras à razão de quatro para um sempre adorei aritmética ela me tem retribuído plenamente

as de Pim embora pequenas eram parecidas ele precisaria de uma terceira eu as lacerava indistintamente algo errado aí mas primeiro acabar com meus dias de viagem parte um antes de Pim como era deixando só a parte dois deixando só a parte três e última

nos dias em que eu ainda abraçava as paredes em meio a meus irmãos semelhantes eu o ouço e murmuro que então em cima na luz a cada dor corporal a moral deixando-me como gelo eu gritava por ajuda com uma vez em cem algum grau de sucesso

como quando excepcionalmente mal de tanta bebida cedinho na hora do lixeiro na minha determinação de sair do elevador prendi meu pé entre a cabine e o piso e duas horas depois de relógio alguém veio correndo ao tê-lo chamado em vão velho sonho não estou enganado ou estou tudo depende daquilo que não se diz do dia tudo depende do dia adeus ratos o navio afundou um pouco menos é tudo que se implora

um pouco menos de não importa o que não importa como não importa quando um pouco menos de ser presente passado futuro e condicional de ser e não ser vamos vamos basta disso continuar e terminar a parte um antes de Pim

fogo no reto superado como reflexões sobre a paixão da dor irresistível partida com preparativos concernentes à viagem sem sobressaltos chegada súbita luzes fracas luzes apagadas tchau tchau será que é um sonho

um sonho que esperança morte do saco bunda de Pim fim da parte um deixando só a parte dois deixando só a parte três e última Talia por piedade uma folha de tua hera

depressa a cabeça no saco onde com o perdão da palavra tenho todo o sofrimento de todos os tempos não rogo uma praga por isso e uivos de gargalhadas em cada célula as latas tinem como castanholas e debaixo de mim convulsionada a lama gorgoleja peido e mijo num só fôlego

dia abençoado último da viagem tudo caminha sem transtornos a piada morre velha demais as convulsões morrem volto ao ar livre às coisas sérias tivesse apenas o mindinho para levantar para flutuar direto para o seio de Abraão eu lhe diria para socá-lo algumas reflexões entretanto ao esperar que as coisas melhorem sobre a fragilidade da euforia entre as diferentes ordens do reino animal começando pelas esponjas quando de repente não posso ficar nem mais um segundo este episódio está portanto perdido

as dejeções não elas são eu mas eu as amo as velhas latas semivazias deixadas cair molemente não algo mais a lama traga tudo eu sozinho ela me carrega meus vinte quilos trinta quilos ela cede um pouco debaixo disso então não mais eu não fujo sou banido

ficar para sempre no mesmo lugar nunca tive nenhuma outra ambição com meu pesinho morto no lodo cálido moldar minha chafurda e nunca mais me mexer dali aquele velho sonho de volta outra vez eu o vivo agora nesta hora rastejante saber o quanto ele vale valia

um grande gole de ar negro e acabar afinal com os meus dias de viagem antes de Pim parte um como era antes dos outros os sedentários com Pim depois de Pim como era como é vastos tratos de tempo quando não vejo mais nada ouço sua voz então esta outra vinda de longe nos trinta e dois ventos do zênite e profundezas então em mim quando a ofegação para bocados e sobras eu os murmuro

com estas agitações que não vão tolerar nem mais um segundo aqui à vontade fraco demais para levantar o mindinho e se este fosse o sinal para a lama se abrir debaixo de mim e então fechar outra vez pergunta velha pergunta se sim ou não esta insurreição diariamente se diariamente ah ter de ouvir aquela palavra ter de murmurá-la esta insurreição sim ou não se diariamente assim ela me insurge para cima e para fora de minha lavagem

e o dia tão perto do seu fim afinal se não é o compacto de mil dias a velha e boa pergunta terrível sempre para a cabeça e universalmente a propósito o que é de uma beleza imensa

ter o relógio de Pim algo errado aí e nada para cronometrar não como mais então não eu não bebo mais e eu não como mais não me mexo mais e não durmo mais não vejo mais nada e não faço mais nada vai voltar talvez tudo voltar ou uma parte eu ouço sim então não

a voz tempo a voz não é a minha o silêncio tempo o silêncio isto poderia me ajudar verei farei algo algo bom Deus

amaldiçoar Deus nenhum som anotar mentalmente a hora e esperar meio-dia meia-noite amaldiçoar Deus ou abençoá-lo e esperar relógio na mão mas o escuro mas os dias aquela palavra outra vez o que sobre eles sem qualquer memória rasgar um farrapo do saco fazer nós ou a corda fraco demais mas primeiro acabar com meus dias de viagem parte um antes de Pim agitação indizível na lama sou eu eu o digo como ouço remexendo no saco tirando a corda amarrando a boca do saco amarrado-o ao meu pescoço me virando de bruços começando a partir e avante

dez metros quinze metros semilado esquerdo perna direita braço direito empurrar puxar estatelado de bruços imprecações nenhum som semilado direito perna esquerda braço esquerdo empurrar puxar estatelado de bruços imprecações nenhum som nem um til precisa ser mudado nesta descrição

aqui cálculos confusos no sentido de não poder ter me desviado mais do que um segundo ou quase isso da direção que me foi designada um dia uma noite no inconcebível princípio por acaso por necessidade por um pouco de cada é um dos três do oeste forte sentimento do oeste para o leste

e assim na lama no escuro de barriga numa linha reta tão perto quanto não importa quatrocentas milhas em outras palavras em oito mil anos se eu não tivesse parado a circunferência da terra quer dizer o equivalente

não se diz onde será que posso ter recebido minha educação adquirido minhas noções de matemática astronomia e mesmo física elas me marcaram isto é o principal absorto nestes horizontes não sinto minha fadiga ela se manifesta entretanto passagem mais laboriosa de um lado semilado para o outro prolongamento da prostração intermediária multiplicação das imprecações mudas

súbita quase certeza de que outra polegada e caio de cabeça num desfiladeiro ou me despedaço contra um muro embora nada sei até bem demais deva ser esperado daquela parte isto me arranca do meu devaneio cheguei

as pessoas lá em cima se lamentado sobre não viver estranho logo nesta hora esta bolha na cabeça todos mortos agora outros para quem não é uma vida e o que se segue muito estranho a saber que eu os entenda

sempre entendi tudo exceto por exemplo história e geografia entendia tudo e não perdoava nada nunca pude nunca condenei nada na verdade nem mesmo a crueldade para com os animais nunca amei nada

uma bolha dessas numa hora dessas arrebenta o dia não pode fazer muito mais comigo

você não deve fraco demais de acordo se você quiser mais fraco não você deve tão fraco quanto possível então mais fraco ainda eu o digo como ouço cada palavra sempre meu dia meu dia minha vida assim elas voltam as velhas palavras sempre não nem tantas mais apenas me reaclimato então duro até dormir não cair no sono louco nenhum sentido nisto

louco ou pior transformado à la Haeckel nascido em Postdam onde Klopstock também entre outros viveu um tempo e trabalhou embora enterrado em Altona a sombra que ele projeta

ao anoitecer com seu rosto para o sol enorme ou suas costas me esqueço não se diz a grande sombra que ele projeta em direção ao seu leste natal as humanidades que eu tinha meu Deus e por cima luzes de geografia

não muito mais porém na cauda o veneno perdi meu latim deve-se ser vigilante assim um bom momento num torpor de barriga para baixo então começar não posso acreditar nisso a escutar

a escutar como se tivesse partido na noite anterior de Nova Zembla tinha acabado de voltar a mim numa subprefeitura subtropical era assim que eu era tinha me tornado ou sempre fui é um ou outro a geografia que eu tinha

pergunta se sempre a boa e velha pergunta se sempre assim desde que o mundo mundo para mim dos murmúrios de minha mãe cagado no incrível tohu-bohu

assim incapaz de dar um passo especialmente à noite sem parar morto numa perna olhos fechados fôlego suspenso orelhas atentas a perseguidores e resgatadores fecho meus olhos os mesmos velhos dois e me vejo cabeça erguida torcicolo mãos tensas na lama algo errado aí fôlego suspenso dura eu duro assim um momento até o estremecimento da face inferior significando que estou dizendo tive sucesso em dizer algo a mim mesmo

o que se pode dizer a si mesmo possivelmente dizer numa hora destas uma pequena pérola de desesperançado consolo tanto melhor tanto pior aquele estilo apenas não tão frio viva ai de mim aquele estilo apenas não tão morno alegria e tristeza aquelas duas sua soma dividida por dois e tépido como por perto do inferno

é logo dito uma vez encontrado logo dito os lábios endurecem e toda a carne adjacente as mãos se abrem a cabeça pende afundo um pouco mais então não mais é o mesmo reino de antes um momento antes o mesmo que sempre foi nunca o deixei ele é sem fronteiras

estou quase sempre feliz Deus sabe mas nunca mais do que neste instante nunca tanto oh eu conheço a felicidade a infelicidade conheço conheço mas não faz mal mencioná-lo

lá em cima se eu estivesse lá em cima as estrelas já e dos campanários a hora breve não resta muito mais para aguentar ficaria com prazer como estou para sempre mas isso não vai dar

desamarrar saco e pescoço eu o faço devo fazê-lo é o modo pelo qual somos regulados meus dedos o fazem eu os sinto na lama no escuro a cara na lama as mãos de qualquer jeito algo errado aí a corda na minha mão o corpo inteiro de qualquer jeito e logo é como se lá naquele lugar e em nenhum outro eu tivesse vivido sim vivido sempre

Deus algumas vezes em algum lugar neste momento mas eu tenho topado com um dia bom comeria com prazer alguma coisa mas não vou comer nada a boca abre a língua não sai a boca logo se fecha outra vez

é à esquerda que o saco me acompanha me viro do lado direito e o pego bem leve em meus braços os joelhos se dobram as costas se curvam a cabeça fica em repouso no saco devíamos ter tido estes movimentos antes fossem eles os últimos

agora sim ou não uma dobra do saco entre os lábios isto pode acontecer não na boca entre os lábios no vestíbulo

a despeito da vida que me foi dada mantive meus lábios carnudos dois grandes beiços escarlates ao tato feitos para beijar imagino eles se esticam um pouco mais se abrem e fecham numa prega do saco muito cavalar

sim ou não não se diz não posso ver outras possibilidades rezar minha prece ao sono outra vez esperar que ele desça aberto sob mim águas calmas afinal e em perigo mais do que nunca já que todos os golpes de defesa gastos isto ainda se sustenta encontrar mais palavras e todas elas gastas mais movimentos breves da face inferior ela precisaria de bons olhos a testemunha se houvesse uma testemunha bons olhos uma boa lâmpada ela os teria a testemunha os bons olhos a boa lâmpada

ao escriba sentado ao longe ela anunciaria meia-noite não duas da manhã três da manhã Ballast Office movimentos breves da face inferior nenhum som são minhas palavras que os causam são eles que causam minhas palavras é um ou outro vou pegar no sono dentro da humanidade outra vez a custo

o pó que havia então mistura de cal e pedras de granito empilhadas para fazer um muro mais adiante o espinheiro em flor sebe verde e branca mistura de alfena e espinho

a profundidade do pó que havia então os pezinhos grandes para a idade deles nus no pó

a pasta escolar embaixo da bunda as costas contra o muro levantar os olhos para o azul acordar num suor o branco que havia então as nuvenzinhas que se podia ver o azul através das pedras quentes através do jérsei listado horizontalmente azul e branco

levantar os olhos procurar rostos no céu animais no céu adormecer e lá um belo jovem encontrar um belo jovem com cavanhaque dourado vestido com uma alba acordar num suor e ter encontrado Jesus num sonho este tipo uma imagem não para os olhos feita de palavras não para os ouvidos o dia está terminado estou salvo até amanhã a lama se abre eu parto até amanhã a cabeça no saco os braços ao redor dele o resto de qualquer jeito

breve negro longo negro como saber e lá estou eu outra vez a caminho outra vez algo faltando aqui apenas dois ou três metros mais e então o precipício apenas duas ou três últimas sobras e então o fim fim da parte um deixando só a parte dois deixando só a parte três e última algo faltando aqui coisas que já se sabe ou nunca se saberá é um ou outro

chego e caio como a lesma cai pego o saco em meus braços ele não pesa mais nada nada mais para apoiar minha cabeça aperto um trapo não hei de dizer contra meu coração

nenhuma emoção tudo está perdido o fundo arrebentado a umidade o arrastar o esfregar o abraçar as gerações velho saco de carvão trinta quilos quarenta quilos isto se sustenta tudo desaparecido as latas o abridor um abridor e nada de latas me foi poupado isto desta vez latas e nenhum abridor não vou ter tido isto na minha vida desta vez

tantas outras coisas também tantas vezes imaginadas nunca nomeadas nunca pude úteis necessárias bonitas ao tato tudo que me foi dado formulação atual coisas tão antigas tudo desaparecido menos a corda um saco arrebentado uma corda eu o digo como ouço murmuro-o para a lama velho saco velha corda vocês permanecem um pouco mais para durar um pouco mais destrançar a corda fazer duas cordas amarrar o fundo do saco enchê-lo de lama amarrar a boca vai virar um bom travesseiro vai ser macio nos meus braços breves movimentos da face inferior fossem eles os últimos

quando a última refeição a última viagem o que tenho feito onde estado este tipo gritos mudos abandonar a esperança brilho da esperança partida frenética a corda em volta do meu pescoço o saco na minha boca um cachorro

abandonado aqui efeito da esperança isto se sustenta ainda a eterna linha reta efeito do desejo piedoso de não morrer antes da minha hora no escuro na lama para não falar de outras causas

apenas uma coisa a fazer voltar ou pelo menos apenas outra debater-se em volta de onde estou e vou em zigue-zague me dê o que me é devido conforme minha compleição formulação atual buscando aquilo que perdi lá onde nunca estive

caras cifras quando tudo falha algumas cifras para arrematar a parte um antes de Pim a idade de ouro os bons momentos as perdas da espécie eu era jovem eu me agarrava à espécie estamos falando da espécie a humana dizendo a mim mesmo movimentos breves nenhum som dois e dois duas vezes dois e assim por diante

súbito desvio portanto esquerda é melhor quarenta e cinco graus e dois metros linha reta tal é a força do hábito então ângulo reto e em frente quatro metros caras cifras então esquerda ângulo reto e direto quatro metros então direita ângulo reto assim por diante até Pim assim norte e sul da seta abandonada efeito da esperança séries de dentes de serra ou asnas lados dois metros base três um pouco menos esta a base estamos falando da base na velha fila de marcha que assim revisito um instante entre dois vértices um metro e meio um pouco menos caras cifras idade de ouro assim termina a parte um antes de Pim meus dias de viagem vasta extensão de tempo eu era jovem tudo isso todas estas palavras asnas vértices dourados cada palavra sempre como a ouço em mim que estava fora quaqua por todos os lados e murmuro para a lama quando a ofegação para quase inaudível bocados e sobras

semilado esquerdo perna direita braço direito empurrar puxar de bruços amaldiçoar Deus abençoá-lo implorá-lo nenhum som com pés e mãos escarafunchar na lama o que é que espero uma lata perdida onde nunca estive uma lata meio vazia jogada fora à frente é tudo que espero

onde nunca estive mas outros talvez muito antes não muito antes é um ou outro ou ambos uma procissão que conforto na adversidade outros que conforto

aqueles se arrastando na frente aqueles se arrastando atrás cuja sorte tem sido cuja sorte será o que sua sorte é cortejo infinito de sacos arrebentados para proveito de todos

ou uma lata celestial sardinhas miraculosas enviadas por Deus à notícia do meu infortúnio com que vomitá-lo mais uma semana semilado direito perna esquerda braço esquerdo empurrar puxar de bruços imprecações mudas escarafunchar na lama cada meio metro oito vezes por asna ou três metros de claro avanço um pouco menos a mão afunda agarrando para pegar ao invés do lodo familiar uma bunda dois gritos um mudo fim da parte um antes de Pim eis como era antes de Pim

PARTE II

aqui então afinal parte dois onde ainda tenho que dizer como era como eu o ouço em mim que estava fora quaqua por todos os lados bocados e sobras como era com Pim vasta extensão de tempo murmurá-lo na lama para a lama quando a ofegação para como era minha vida estamos falando da minha vida no escuro na lama com Pim parte dois deixando só a parte três e última é lá onde tenho minha vida onde a tive onde a terei vastos tratos de tempo parte três e última no escuro na lama minha vida murmurá-la bocados e sobras

tempo feliz a seu modo parte dois estamos falando da parte dois com Pim como era bons momentos bons para mim estamos falando de mim para ele também estamos falando dele também feliz também a seu modo eu o conhecerei mais tarde seu modo de felicidade eu o terei mais tarde ainda não tive tudo

fraco grito agudo então antegosto desse murmúrio de semicastrado que devo aguentar por quanto tempo nada mais de cifras eis outra pequena diferença comparada com o que precede nem a menor cifra daqui por diante todas as medidas vagas sim impressões vagas de comprimento comprimento de espaço comprimento de tempo impressões vagas da brevidade entre os dois e daí nada mais de cálculos exceto possivelmente algébricos sim eu ouço sim então não

com presteza como se de um bloco de gelo ou incandescente minha mão se recolhe suspende-se um momento é vago no ar então devagar afunda outra vez e se firma e até mesmo já com um toque de apropriação na carne miraculosa perpendicular ao rego o coto do polegar e o tenar e o hipotenar na nádega esquerda os quatro dedos na outra a mão direita portanto ainda não estamos pé com cabeça achatado certamente mas levemente arqueado no entanto a modéstia talvez do tipo inata não pode ter sido adquirida e assim um pouco traseiro de porco ladeando a brecha donde o contato com a nádega direita menos as polpas do que as unhas segundo grito de susto certamente mas no qual me pareceu apanhar afogado pela orquestra um débil flajolé de prazer já fatuidade de minha parte é possível

eis um passado talvez esta parte vá funcionar no passado parte dois com Pim como era outra pequena diferença talvez comparada com o que precede mas depressa minhas unhas uma palavra sobre elas elas terão seu papel a representar

a temer bem bem que nesta parte eu possa ser não extinto não isto não se diz isto não está ainda na minha composição não amortecido o que se diz é amortecido antes que eu me inflame Pim desaparecido até mais vivo se isto é possível do que antes de nos encontrarmos mais qual é a palavra mais vivo não há nada melhor o homem que só tem de aparecer e sem olhos nem ouvidos para mais ninguém forte demais como sempre sim a temer meu papel agora o de figurante

meu papel quem senão por mim ele nunca iria Pim estamos falando de Pim nunca ser senão por mim nada só uma massa mole muda achatada para sempre na lama mas vou espertá-lo esperem e verão e como posso me ocultar atrás da minha criatura quando me der na telha agora minhas unhas

depressa uma suposição se esta assim chamada lama não fosse nada mais do que toda a nossa merda sim toda se não há bilhões de nós neste momento e por que não no momento em que há dois havia sim bilhões de nós se arrastando e cagando na merda deles abraçando como um tesouro nos seus braços o com que se arrastar e cagar um pouco mais agora minhas unhas minhas unhas bem para falar só das mãos para não falar daquele sábio oriental elas estavam num estado lamentável aquele sábio extremo oriental que tendo cerrado seus punhos desde a mais tenra idade é vago até a hora de sua morte não se diz com que idade tendo feito isso

a hora de sua morte com que idade não se diz pôde vê-las afinal um pouco antes suas unhas de sua morte tendo furado as palmas completamente pôde vê-las emergindo afinal do outro lado e um pouco mais tarde tendo assim vivido feito isto feito aquilo cerrado seus punhos toda a sua vida assim vivido morreu afinal dizendo a si mesmo último suspiro que elas tinham continuado a crescer

as cortinas abertas parte um vi seus amigos virem visitá-lo onde agachado na sombra profunda de um túmulo ou de uma bo seus punhos cerrados de joelhos ele vivia assim

elas se quebraram por falta de giz ou coisa parecida mas não em conjunto de forma que algumas minhas unhas estamos falando das minhas unhas algumas sempre compridas outras apresentáveis eu o vi sonhando a lama aberta a luz se acendeu eu o vi sonhando com a ajuda de um amigo ou na falta deste privilégio completamente só curvando-as de volta para as costas de sua mão para que elas atravessassem na outra direção a morte o impediu

a nádega direita de Pim então primeiro contato ele deve tê-las ouvido ranger eis um passado nobre eu poderia tê-las enfiado se assim tivesse desejado eu ansiava arranhar cavar sulcos profundos beber os gritos o azul a sombra violenta a cabeça com turbante inclinada sobre os punhos o círculo de amigos em dotim branco sem ir tão longe os gritos me dizem de qual lado a cabeça mas posso estar enganado e o resultado é que tudo se encaixa que a mão desliza para a direita e aí com certeza está a forquilha é como eu pensava depois de volta à esquerda exatamente o mesmo só para confirmá-lo e lá com certeza lá está o cu outra vez então oh sem se demorar num oco então guiado pelo coto do dedão na espinha para cima para as costelas flutuantes isto se confirma a anatomia que eu tinha nada a ver insistir mais seus gritos continuam isto se confirma isso também não vai funcionar no passado nunca terei um passado nunca tive

bom um semelhante mais ou menos mas homem mulher menina ou menino gritos não têm nem certos gritos sexo nem idade tento virá-lo para cima não o lado direito ainda menos o esquerdo menos ainda minhas forças se esvaindo bom bom nunca conhecerei Pim só de bruços

tudo isso eu o digo como ouço cada palavra sempre e que tendo me revolvido na lama entre suas pernas trago à tona finalmente o que me parece um testículo ou dois a anatomia que eu tinha

eu o digo como ouço e murmuro na lama que me iço se posso dizer assim um pouco para frente para sentir o crânio é calvo não apagar o rosto é melhor uma massa de pelos todos brancos ao tato isto se confirma ele é um velhinho somos dois velhinhos algo errado aí

no escuro na lama minha cabeça contra a sua meu flanco colado ao seu meu braço direito ao redor de seus ombros seus gritos cessaram ficamos assim um bom momento eles são bons momentos quanto tempo assim sem movimento ou som de qualquer espécie fosse apenas pela respiração vasta uma vasta extensão de tempo debaixo do meu braço de vez em quando uma inspiração mais profunda o levanta devagar o deixa afinal e o traz de volta devagar outros diriam um suspiro

assim nossa vida em comum começamos assim não o digo não se diz como outros no fim da deles agarrando-se quase um ao outro nunca vi nenhum parece nunca nenhum desses mas mesmo as bestas se observam vi algumas uma vez parece e elas se observando entenda quem tiver vontade eu não tenho nenhuma

quase se agarrando isto é forte demais como sempre ele não pode me repelir é como meu saco quando ainda o tinha essa carne providencial nunca a deixarei partir chame isso de constância se quiser

quando eu ainda o tinha mas ainda o tenho está na minha boca não não está mais lá não o tenho mais estou certo estava certo

vasta extensão de tempo então para nossos começos uma cifra estonteante nos dias das cifras os começos de nossa vida em comum e pergunta o que leva essa longa paz a um termo afinal e nos torna mais próximos que contratempo

uma pequena melodia de repente ele canta uma pequena melodia de repente como tudo que não era então é escuto por um momento eles são bons momentos só pode ser ele mas posso estar enganado meu braço se dobra portanto meu direito é melhor o que reduz de muito obtuso para muito agudo o ângulo entre o úmero e o outro a anatomia a geometria e minha mão direita procura seus lábios vamos tentar ver este lindo movimento com mais clareza sua conclusão pelo menos

a mão se aproxima sob a lama levanta-se ao acaso o indicador encontra a boca é vago é judicioso o polegar a bochecha algum lugar algo errado aí covinha malar a anatomia tudo agitado lábios pelos bucinadores é como pensei ele está cantando isto se confirma

não consigo distinguir as palavras a lama abafa ou talvez uma língua estrangeira talvez ele esteja cantando um lied no original talvez um estrangeiro

um oriental meu sonho ele renunciou eu também renunciarei não terei mais desejos

ele pode falar então isso é o principal ele tem o uso sem ter de fato pensado nisso eu devia ter pensado que ele não tinha não o tendo pessoalmente e um pouco mais em geral sem dúvida que só um modo de ser onde eu era a saber meu modo canção totalmente fora de propósito deveria ter pensado

momento terrível em todo caso se jamais houve algum que perspectivas isto encerra a primeira fase de nossa vida em comum e libera a segunda e por sua vez última mais fértil em vicissitudes e peripécias a melhor da minha vida talvez melhor momento quero dizer é difícil escolher uma voz humana ali a alguns centímetros meu sonho talvez mesmo uma mente humana se eu tiver que aprender italiano obviamente será menos divertido

mas primeiro alguns comentários muito esparsos vasta extensão de tempo uns trinta talvez ao todo aqui são dois ou três veremos

orientado como é ele deve ter seguido a mesma estrada que eu antes de cair eis um

um dia partiremos outra vez juntos e nos vi as cortinas abertas um instante algo errado aí e nos vi obscuramente tudo isso antes da pequena melodia oh muito antes nos ajudando um ao outro a ir caindo de comum acordo e ficando cingidos nos braços um do outro o tempo de partir outra vez

brincar daquele que existe ou pelo menos existiu então eu sei eu sei tanto pior não há mal em mencioná-lo não faz mal nenhum lhe faz bem de vez em quando eles são bons momentos que importa não faz mal nenhum a ninguém não há ninguém

ali então já atrás de nós afinal a primeira fase de nossa vida em comum deixando só a segunda e última fim da parte dois deixando só a parte três e última

problema do treinamento e concomitantemente pouco a pouco solução e aplicação do mesmo e concomitantemente plano moral botão e flor das relações propriamente mas primeiro alguns comentários dois ou três veremos

movendo-se para a direita meu pé direito encontra só a lama
familiar e o resultado é que quando o joelho se dobra ao máximo
ao mesmo tempo ele levanta meu pé estamos falando do meu
pé e vai-se esfregando pode-se ver o movimento ao longo das
pernas retas e rígidas de Pim é como eu pensava eis um

minha cabeça mesmo movimento encontra a dele é como
eu pensava mas posso estar errado e o resultado é que ela se
recolhe outra vez e se lança à direita o esperado choque se
produz isto se confirma sou o mais alto

reassumo minha posição prendo-me a ele mais de perto ele
termina no meu calcanhar dois ou três centímetros mais baixo
que atribuo a mais idade

agora seus braços a cruz de Santo André o V de cima abertura
reduzida minha mão esquerda sobe o ramo esquerdo segue-o
para dentro do saco ele segura seu saco por dentro perto da
boca mais ousado que eu minha mão se demora um momento
na sua como cordões suas veias retira-se e reassume seu lugar
à esquerda na lama nada mais sobre este saco por enquanto

no silêncio mais profundo que se segue à canção de Pim
finalmente vasta extensão de tempo um tique-taque distante
escuto um bom momento eles são bons momentos

minha mão direita parte ao longo de seu braço direito alcança
com dificuldade seu limite e além pontas com pontas dos dedos
uma pulseira de relógio ao tato é como eu pensava ela terá seu
papel a representar sim ouço sim então não

melhor um relojão comum completo com corrente pesada ele o segura apertado em seu punho meu indicador se insinua entre os dedos cerrados e diz um relojão comum completo com corrente pesada

puxo seu braço para mim por trás de suas costas ele fica preso tique-taque muito mais acentuado eu o bebo por um momento

mais alguns movimentos pôr o braço de volta onde o encontrei então para mim outra vez do outro lado por sobre a cabeça sinistro até emperrar pode-se ver o movimento agarrar o pulso com minha mão esquerda e puxar apoiando por trás com a direita no cotovelo ou proximidades tudo isso além de minhas forças

sem ter tido que levantar minha cabeça da lama não é o caso finalmente tenho o relógio contra o ouvido a mão o punho é melhor bebo a fundo os segundos deliciosos momentos e perspectivas

solto afinal o braço se recolhe abrupto um pouco então fica em repouso sou eu outra vez que devo colocá-lo de volta onde o encontrei lá à esquerda na lama Pim é assim ele será assim ele fica do jeito que for colocado mas isso não conta muito no geral uma pedra

dele para mim agora parte três de lá longe à direita na lama para mim abandonado o tique-taque distante não obtenho mais nenhum lucro dele nenhunzinho não mais a contagem prazerosa não mais a medição dos imperdoáveis segundos não mais durações e frequências tomar meu pulso não mais noventa noventa e cinco me faz companhia é tudo seu tique-taque de vez em quando mas quebrá-lo jogá-lo fora deixá-lo esgotar-se e parar não algo me impede ele para balanço meu braço ele não recomeça mais nada sobre este relógio

não mais que eu pelo seu próprio relato ou minha imaginação ele não tinha nome não mais que eu então dei-lhe um o nome de Pim para maior comodidade maior conveniência lá vai de novo no passado

deve tê-lo agradado é compreensível terminou por agradá-lo ele estava se chamando assim ele mesmo no final muito antes de Pim Pim ad nauseam eu Pim eu sempre digo quando o nome de um homem é Pim ele não tem o direito e tudo mais que um homem não tinha o direito sempre dizia quando seu nome era Pim e com isso melhor a partir disso mais vivo mais conversador

quando isso sedimenta informo-lhe que eu também Pim meu nome Pim aí ele tem mais dificuldade um momento de confusão irritação é compreensível é um nome nobre então se acalma

eu também grande benefício também tenho esta impressão grande benefício principalmente no começo difícil dizer por que menos anônimo de um modo ou de outro menos obscuro

eu também eu o sinto me deixando em breve não haverá ninguém nunca houve ninguém com o nobre nome de Pim sim eu ouço sim então não aquele que estou esperando oh não que eu acredite nele eu o digo como ouço ele pode me dar outro será meu primeiro Bom ele pode me chamar de Bom para maior comodidade isto me agradaria m no final e uma sílaba o resto indiferente

BOM gravado pela minha unha transversal ao cu a vogal no buraco eu diria numa cena da minha vida ele me obrigaria a ter tido uma vida os Bom senhor o senhor não conhece os Bom senhor pode-se cagar num Bom senhor não se pode humilhá-lo um Bom senhor os Bom senhor

mas primeiro terminar com esta parte dois com Pim vida em comum como era deixando só a parte três e última quando ouço entre outras extravagâncias que ele está vindo dez metros quinze metros quem para mim para quem eu o que eu para Pim Pim para mim

outras extravagâncias inclusive o uso da fala voltará para mim este tanto é verdade ela voltou para mim aqui está eu escuto eu falo breves movimentos da face inferior com som na lama um murmúrio todos os tipos um Pim uma vida me dizem que tivera antes dele com ele depois dele uma vida que me dizem ter

treinamento primeiros dias ou heroicos antes da escrita os refinamentos difícil descrever só as linhas gerais continua para esse gênero além de minhas forças ele chapinhava eu chapinhava mas pouco a pouco pouco a pouco entre sessões às vezes um arenque miúdo um pitu isso podia acontecer continua no passado ah se pelo menos tudo passado tudo no passado Bom chegado eu partido e Bom sobre nossa vida em comum tivemos bons momentos foram bons momentos bobagem bobagem não importa um arenque miúdo um pitu

não arrebentado o saco de Pim não arrebentado não há nenhuma justiça ou então apenas uma dessas coisas que ultrapassam o entendimento há algumas

mais velho que o meu e não arrebentado talvez melhor qualidade da juta e além disso ainda cheio até a metade ou então algo que me escapa

sacos que se esvaziam e arrebentam outros nunca será que é possível o velho negócio da graça neste esgoto por que nos querer todos iguais alguns desaparecem outros nunca

tudo que ouço deixar de fora mais deixar de fora tudo não ouvir mais ficar lá nos meus braços o antigo sem fim eu estamos falando de mim sem fim isto enterra toda a humanidade até o último babaca seriam bons momentos no escuro na lama ouvindo nada dizendo nada capaz de nada nada

então de repente como tudo que começa recomeça como saber partir ir outra vez dez metros quinze metros perna direita braço direito empurrar puxar algumas imagens remendos de azul algumas palavras nenhum som agarrar-se à espécie algumas sardinhas bocejo de lama arrebentar o saco bobagem ir zunzum ir numa palavra a velha estrada do mortal seguinte ao seguinte levando a lugar nenhum e salvo emenda sem outro objetivo a não ser o mortal seguinte prender-se a ele dar-lhe um nome treiná-lo sangrá-lo de cima a baixo com maiúsculas romanas empanturrar-se de suas fábulas unir-se para toda vida no amor estoico até o último camarão e um pouco mais

até o lindo dia em que ssst ele desaparece me deixando seus efeitos e o vaticínio vira verdade a nova vida não mais viagens não mais azul um murmúrio na lama isto é verdade tudo deve ser verdade e o outro a caminho dez metros quinze metros o que eu para Pim Pim para mim

tudo que ouço não ouço mais ficar lá o mesmo que antes de Pim depois de Pim o mesmo que antes em meus braços com meu saco então de repente a velha estrada em direção ao meu mortal seguinte dez metros quinze metros empurrar puxar estação vai estação vem minha única estação em direção ao meu primeiro mortal bobagem bobagem felizmente breve

primeira aula tema canção enfio minhas unhas no seu sovaco mão direita sovaco direito ele grita eu as retiro porrada com punho no crânio sua cara afunda na lama seus gritos cessam fim da primeira aula

segunda aula mesmo tema unhas no sovaco gritos porrada no crânio silêncio fim da segunda aula tudo isso além de minhas forças

mas este homem não é nada bobo ele deve dizer a si mesmo eu diria se fosse ele o que ele quer de mim ou melhor ainda o que se quer de mim para que eu seja atormentado desse jeito e a resposta esparsa pouco a pouco vastos tratos de tempo não que eu devesse gritar isto é evidente já que quando grito sou punido na hora

sadismo puro e simples não já que não devo gritar

algo talvez além de minhas possibilidades certamente não esta criatura não é nada boba isto se sente

o que não está além de minhas possibilidades sabe-se que não está além delas canção é o que se requer portanto que eu cante

e se eu fosse ele teria dito me parece no final para mim mesmo mas posso estar enganado e Deus sabe que não sou inteligente senão estaria morto

isso ou outra coisa o dia chega esta palavra outra vez chegamos ao dia ao fim de quanto tempo nada de cifras vasta extensão de tempo em que unhado no sovaco há muito uma ferida aberta pois tentar um lugar novo é uma tentação desespero mais sensível o olho a glande não apenas confundi-lo coisa fatal evitar a todo custo

o dia então em que unhado no sovaco ao invés de gritar ele canta sua canção a canção se eleva no presente lá vai de novo no presente

retiro minhas unhas ele continua a mesma ária me parece sou muito musical desta vez tenho isto na minha vida desta vez e desta vez em pleno vôo uma ou duas palavras olhos céus te ou ti viva usamos o mesmo idioma que benção isto não é tudo ele para unhas no sovaco ele recomeça viva está feito sovaco canção e essa música tão certa quanto se eu apertasse um botão posso me entregar a ela a qualquer hora daqui pra frente

isto não é tudo ele continua porrada no crânio ele para e parar com isso do mesmo modo a porrada no crânio significando parar todas as vezes e pensando bem quase mecanicamente pelo menos onde há palavras envolvidas

por que mecanicamente por que simplesmente porque tem o efeito a porrada no crânio estamos falando da porrada no crânio o efeito de afundar a cara na lama a boca o nariz e até os olhos e o que senão palavras poderiam estar envolvidas no caso de Pim algumas palavras o que ele consegue de vez em quando não sou um monstro

não vou me matar exigindo algo além de suas possibilidades que ele plante bananeira por exemplo ou fique de pé ou se ajoelhe certamente não

ou se vire de costas ou de lado mais nenhum rancor em mim mais nenhum desejo de que alguém tenha de fazer sem cessar e sem cessar não seja capaz címbalos enormes braços gigantes abertos duzentos graus e pá-pum milagre milagre o impossível fazer o impossível sofrer o impossível certamente não

somente que ele cante ou fale e nem mesmo isto ao invés daquilo nos primeiros estágios somente falar o que ele quisesse o que ele conseguisse de vez em quando algumas palavras nada mais primeira aula então segunda série mas primeiro tirar seu saco ele resiste dou uma unhada na sua mão esquerda até o osso não é longe ele grita mas não solta o sangue que ele deve ter perdido por esse tempo vasta extensão de tempo não sou um bruto como posso ter dito antes acesso ao saco que eu tenho minha mão esquerda entra tateia pelo abridor aqui um parêntese

nada de minúcias nada de problemas mas todo esse tempo que estamos juntos muitos são os casais que ficariam contentes com isso se verem morrer sem um murmúrio tendo tido seu quinhão

e Pim todo esse tempo vasta extensão de tempo nem um movimento fora o dos lábios e proximidades a face inferior para cantar gritar e convulsiva vez por outra a mão direita a hora de se tornar verde pálida que ele nunca verá e aqueles a contragosto com certeza por mim imprimidos Pim não tem comido

eu sim sem que seja dito nem tudo é dito quase nada e muito muito mais comi ofereci-lhe comida espremi contra sua boca perdida nos pelos na lama minha palma pingando com fígado de bacalhau ou coisa assim esfreguei-a em trabalho perdido se ele ainda se alimenta é de lama se isto é o que é eu sempre disse isso esta lama por osmose longo prazo plenitude do tempo por capilaridade

pela língua quando ela sai para fora da boca quando os lábios se abrem as narinas os olhos quando as pálpebras se abrem o ânus não ele está alto e seco os ouvidos não a uretra talvez depois de mijar o último pingo a bexiga sugando um segundo depois de bombear tudo para fora certos poros também a uretra talvez um certo número de poros

esta lama eu sempre disse isso mantém um homem vivo e ele se agarra ao saco este era o ponto a ser esclarecido eu o digo como ouço será que ele pelo menos lhe serve de travesseiro para a cabeça não ele o prende com os braços esticados como aquele que cai da janela o parapeito

não a verdade é que este saco eu sempre disse isso este saco para nós aqui é algo mais do que uma despensa do que um travesseiro para a cabeça do que um amigo para quem apelar uma coisa para abraçar uma superfície para cobrir de beijos de longe algo mais não tiramos proveito dele mais de nenhuma maneira e nos agarramos a ele eu lhe devia esta homenagem

agora descansando minha mão esquerda parte dois segunda metade o que ela está fazendo apertando o saco ao lado do de Pim nada mais sobre este saco o abridor o abridor em breve Pim falará

tantas latas sobrando ainda algo aí que me escapa eu as retiro mão esquerda uma por uma na lama até finalmente o abridor coloco-o na minha boca recoloco as latas não digo tudo e meu braço direito todo este tempo

todo este tempo vasta extensão de tempo tudo isso além de minhas forças na verdade com Pim minhas forças estão em declínio é inevitável somos um par meu braço direito o aperta contra mim amor medo de ser abandonado um pouco de cada como saber não se diz e então

então com minha perna direita jogada de través aprisiono suas duas pode-se ver o movimento pego o abridor com minha mão direita movo-a para baixo ao longo da espinha e o enfio no cu não no buraco nem tão bobo assim na nádega numa nádega ele grita eu o retiro porrada no crânio os gritos cessam é mecânico fim da primeira aula segunda série descanso e aqui parêntese

este abridor onde colocá-lo quando não necessário recolocá-lo no saco com as latas certamente não segurá-lo na mão na boca certamente não os músculos relaxam a lama engole onde então

entre as nádegas do seu cu não muito elásticas mas ainda o bastante lá está em segurança dizendo a mim mesmo eu o digo como ouço que com alguém para me fazer companhia eu teria sido um homem diferente mais universal

não lá não mais embaixo entre as coxas é melhor a ponta para baixo e apenas o pequeno bulbo projetando-se do cabo piriforme lá ele está fora de perigo dizendo a mim mesmo tarde demais um companheiro tarde demais

segunda aula então segunda série mesmo princípio mesmo procedimento terceira quarta assim por diante vasta extensão de tempo até o dia esta palavra outra vez em que espetado no cu ao invés de gritar ele canta sua canção que babaca esse Pim que se dane tudo confundir cu com sovaco chifre com aço a porrada que ele leva então dou-lhe minha palavra felizmente ele não é nada bobo ele deve ter-se dito o que se requer de mim agora que novo tormento que eu grite não cante não isto é o sovaco ferocidade lúbrica não vimos que não é isso na verdade não consigo imaginar

não é sem objetivo isto é evidente esta criatura é inteligente demais para exigir o que está além de minhas possibilidades o que então não está além de minhas possibilidades cantar chorar que mais que mais posso eu fazer poderia fazer se ficasse entre a cruz e a caldeirinha

pensar talvez num aperto é possível que mais estou fazendo neste momento e que minh'alma seja abençoada lá vem de novo urros porrada no crânio silêncio descanso

não também não é isso uma coisa possível não na verdade não posso imaginar talvez devesse perguntar perguntarei algum dia se puder

nada bobo somente lento e o dia chega chegamos ao dia em que espetado no cu agora uma ferida aberta ao invés de gritar um breve murmúrio está feito afinal

com o cabo do abridor como com um pilão pancada no rim direito mais à mão que o outro de onde estou grito porrada no crânio silêncio breve descanso estocada no cu murmúrio ininteligível pancada no rim significando mais alto de uma vez por todas grito porrada no crânio silêncio breve descanso assim por diante com de vez em quando senão ele enferruja retorno ao sovaco a canção se eleva está funcionando porrada apagou-se na hora tudo isso está me matando estou quase desistindo quando golpeado no rim um dia afinal ele não é bobo somente lento ao invés de gritar ele articula ei você eu o que não ei você eu o que não isto basta entendi porrada no crânio está feito afinal ainda não é por força do hábito mas será algo aí que me escapa

guardo a ferramenta entre suas coxas tiro minha perna direita de cima das suas duas aprisiono seus ombros com meu braço direito ele não pode me deixar mas não confio nele longo descanso dizendo a mim mesmo as palavras estão aí que tarde demais tarde demais incontestavelmente mas entretanto que melhora já como melhorei

orgia do falso ser vida em comum vergonhas breves não estou morto para a inexistência não irrecuperavelmente o tempo dirá está dizendo mas que chafurda de porcos bah nem mesmo nem mesmo bah breves movimentos da face inferior aproveitai enquanto podeis silêncio colhei enquanto podeis silêncio mortal paciência paciência

continuação do treinamento nada a ver pular

tabela de estímulos básicos um cantar unhas no sovaco dois falar lâmina no cu três parar porrada no crânio quatro mais alto pilão no rim

cinco mais baixo indicador no ânus seis bravo tapa transversal ao cu sete horrível mesmo que três oito ainda o mesmo que um ou dois conforme tudo com a mão direita já disse isso e a esquerda todo esse tempo vasta extensão de tempo ela segura o saco já disse isso ouvi dizer agora em mim que estava fora quaqua por todos os lados murmurei na lama ela segura o saco ao lado da mão esquerda de Pim meu polegar se insinuou entre sua palma e seus dedos dobrados

grafia e então a voz de Pim até ele desaparecer fim da parte dois deixando só a parte três e última

com a unha então do indicador direito gravo e quando ela quebra ou cai até crescer de novo com outra nas costas de Pim intactas no princípio da esquerda para a direita e de cima para baixo como em nossa civilização gravo minhas maiúsculas romanas

começos árduos então menos ele não é bobo somente lento no fim ele compreende tudo quase tudo não tenho nada a dizer quase nada mesmo Deus aquele velho favorito minha chuva meu sol alusões breves nada esporádicas como na tenra idade é vago ele quase compreende

um momento da tenra idade o cordeiro preto com os pecados do mundo o mundo purificado as três pessoas sim eu lhe garanto e aquela crença o sentimento desde então dez onze aquela crença diz-se que foi minha o sentimento desde então vasta extensão de tempo de que eu o encontraria outra vez o manto azul a pomba os milagres ele compreendeu aquela infância diz-se que foi minha a dificuldade em acreditar nela ou melhor o sentimento de ter nascido octogenário da idade em que se morre no escuro na lama subindo nascido subindo boiando como os afogados e blablablá quatro costas cheias de caracteres apertados a infância a crença o azul os milagres tudo perdido nunca foi

o azul que havia então a poeira branca impressões de data mais recente agradáveis desagradáveis e aquelas finalmente imperturbadas pela emoção coisas nada fáceis

ininterrupto nada de parágrafos nada de vírgulas nem um segundo para a reflexão com a unha do indicador até ela cair e as costas exauridas sangrando passim foi perto do fim como ontem vasta extensão de tempo

mas depressa um exemplo dentre os simples dos primeiros dias ou heroicos então Pim fala até desaparecer fim da parte dois deixando só a três e última

com a unha então do indicador direito em maiúsculas grandes duas linhas inteiras quanto menor a comunicação maiores as maiúsculas deve-se apenas saber um pouco antes o que se quer dizer ele sente a grande letra floreada as cobras os diabretes Deus seja louvado não vai demorar VOCÊ PIM pausa VOCÊ PIM nos sulcos aqui uma dificuldade será que ele captou como saber espetá-lo simplesmente no cu isto quer dizer fale e ele dirá qualquer coisa o que puder ao passo que prova preciso de uma prova então espeto ele de uma certa maneira que significa responda de uma vez por todas isto que faço portanto que melhora como melhorei

um golpe especial indescritível um truque da mão com o resultado gratificante de que um belo dia vasta extensão de tempo eu Jim ou Tim não Pim em todo caso ainda não as costas ainda não estão uniformemente sensíveis mas ficarão viva entretanto está feito mais ou menos descanso

simplesmente tentar de novo ainda não entregar os pontos um bom e profundo P e a devida espetada e inevitável um belo dia nem que ele tenha que tentar todas as consoantes do alfabeto romano ele responderá no final é inevitável eu Pim o que ele faz no final era inevitável eu Pim tapa transversal ao cu abridor entre as coxas braço ao redor de seus pobres ombros está feito descanso

assim então nada a ver dar outros exemplos ele era um mau aluno eu um mau mestre mas a plenitude do tempo o pouco que tínhamos a dizer isso não era nada

eu nada apenas diga isso diga aquilo sua vida lá em cima SUA VIDA pausa minha vida EM CIMA longa pausa em cima NA na LUZ pausa luz sua vida em cima na luz quase um octossílabo pensando bem uma coincidência eu então nada sobre mim minha vida que vida nunca nada quase nunca ele nada também a menos que forçado nunca por conta própria mas uma vez lançado não sem prazer a impressão ou ilusão nada de pará-lo porrada porrada todos os meatos de sua cabeça dura na merda nada de segurá-lo porrada porrada

a proporção de invenção vasta seguramente vasta proporção uma coisa que você não sabe a ameaça o cu sangrando os nervos se partindo você inventa mas real ou imaginário como saber é impossível não se diz não importa importa importava isto é magnífico uma coisa que importa

aquela vida então que dizem ter sido sua inventada relembrada um pouco de cada como saber aquela coisa em cima ele me deu eu a tornei minha o que me agradava céus sobretudo e os caminhos em que ele se arrastava como eles mudavam com o céu e onde você estivesse indo no atlântico à noite no oceano indo para as ilhas ou voltando o humor do momento menos importante as criaturas encontradas quase nenhuma sempre as mesmas eu escolhia a gosto bons momentos nada resta

caro Pim de volta dos vivos ele a pegou de outro essa vida de cachorro para pegar e largar eu a darei a outro a voz disse então a voz em mim que estava fora quaqua por todos os lados duro de acreditar aqui no escuro na lama que apenas uma vida em cima de geração em geração eternamente concessão feita para preferências ah é isso concessão feita para necessidades as minhas o que necessito é isso mais necessito de aspectos mutáveis é isso aspectos sempre mutáveis da nunca mutável vida de acordo com as necessidades mas as necessidades as necessidades certamente para sempre aqui as mesmas necessidades de geração em geração as mesmas sedes assim diz a voz

ela disse eu murmuro para nós aqui um depois do outro as mesmas sedes e a vida imutável aqui como em cima de acordo com as necessidades imutáveis duro de acreditar depende do momento do humor do momento o humor permanece um pouco mutável pode-se dizer nenhum som não há nada que impeça você hoje eu talvez não esteja tão triste quanto ontem não há nada que detenha você

as coisas que eu não podia mais ver pequenas cenas parte um em seu lugar a voz de Pim Pim na luz azul do dia e azul da noite pequenas cenas as cortinas abertas a lama aberta a luz se acendia ele via por mim isto também pode ser dito não há nada contra

silêncio cada vez mais e mais longos e longos silêncios vastos tratos de tempo nós em falta cada vez mais ele de respostas eu de perguntas fartos da vida na luz uma pergunta quantas vezes nada mais de cifras nada mais de tempo vasta cifra vasta extensão de tempo sobre sua vida no escuro na lama antes de mim curiosidade maior estava ele ainda vivo SUA VIDA AQUI ANTES DE MIM confusão total

Deus sobre Deus desespero confusão total será que ele acreditava ele acreditava então não não poderia mais suas razões nos dois casos meu Deus eu o espicaçava como eu o espicaçava no final muito antes pura curiosidade se ele ainda estava vivo porrada porrada na lama lágrimas vis de irmão indestrutível

se ele ouvia uma voz se apenas isso se ele já tinha ouvido uma voz vozes se apenas eu lhe tivesse perguntado isso eu não podia eu não tinha ouvido ainda a voz as vozes como saber certamente não

não vou também no fim não vou escutá-la mais nunca a escutei assim ela disse assim eu murmuro nada de voz apenas a sua apenas a de Pim nem a sua também nada mais de Pim nunca nenhum Pim nunca nenhuma voz duro de acreditar no escuro na lama nada de voz nada de imagem no fim muito antes

amostras o que vem relembradas imaginadas como saber a vida em cima a vida aqui Deus no céu sim ou não se ele me amava um pouco se Pim me amava um pouco sim ou não se eu o amava um pouco no escuro na lama apesar de tudo um pouco de afeição encontrar alguém afinal alguém encontrar você afinal viver juntos colados juntos amar um ao outro um pouco amar um pouco sem ser amado ser amado um pouco sem amar responder isso deixar vago deixar escuro

fim da parte dois a parte um está terminada deixando só a parte três e última eles foram bons momentos serão bons momentos menos bons isso deve ser esperado mas primeiro uma pequena cambalhota a última nova posição e efeito na alma solto o saco solto Pim isto é o pior soltar o saco e avante semilado esquerdo perna direita braço direito empurrar puxar direita direita não o perder ao redor de sua cabeça grampo de cabelo virar direita direita endireitar-se sobre seu braço ao longo do seu flanco apertar e parar minha cabeça nos seus pés a sua nos meus longo descanso angústia crescente

de repente de volta abraçando a carne oeste e norte com minha mão direita agarro sua pele grande demais para ele e me puxo para a frente última pequena cambalhota de volta ao meu lugar nunca deveria tê-lo deixado nunca o deixarei de novo pego o saco ele não se mexeu Pim não se mexeu nossas mãos se tocam longo silêncio longo descanso vasta extensão de tempo

SUA VIDA EM CIMA sem mais necessidade de luz duas linhas apenas e Pim com a palavra ele vira a cabeça lágrimas nos olhos minhas lágrimas meus olhos se tivesse alguma era então que precisaria delas não agora

sua bochecha direita na lama sua boca em meu ouvido nossos ombros estreitos se sobrepondo seus pelos nos meus hálito humano murmúrio agudo se alto demais dedo no cu não me mexerei mais deste lugar ainda estou lá

logo insuportável porrada no crânio longo silêncio vasta extensão de tempo logo insuportável abridor cu ou maiúsculas se ele perdeu o fio SUA VIDA BABACA EM CIMA BABACA AQUI BABACA como vem bocados e sobras todos os tipos não tantos e para concluir final feliz cortar estocar VOCÊ ME AMA não ou unhas sovaco e cançãozinha para concluir final feliz da parte dois deixando só a parte três e última o dia chega chego ao dia Bom chega VOCÊ BOM eu Bom EU BOM você Bom nós Bom ele está chegando terei uma voz nenhuma voz no mundo só a minha um murmúrio tive uma vida lá em cima aqui em baixo verei minhas coisas outra vez um pouco de azul na lama um pouco de branco nossas coisas pequenas cenas céus sobretudo e caminhos

e eu me ver me vislumbrar dez segundos quinze segundos quieto encolhido como um rato no meu buraco ou chegada a noite afinal menos luz um pouco menos me apressando até o próximo muito melhor muito mais seguro será bom bons momentos os bons momentos que terei tido lá em cima aqui em baixo nada resta só ir para o céu

amostras minha vida em cima a vida de Pim estamos falando de Pim minha vida lá em cima minha mulher parar abridor cu devagar para começar então nada que o segure porrada no crânio longo silêncio

minha mulher em cima Pam Prim não consigo lembrar não consigo vê-la ela raspou seu monte nunca vi isso eu falo como ele falo estamos falando de mim como ele pequenos jorros gramática nanica além disso então plof pro buraco

falo como ele Bom falará como eu só um tipo de fala aqui um depois do outro a voz disse assim ela fala como nós a voz de nós todos quaqua por todos os lados então em nós quando a ofegação para bocados e sobras eis de onde nos vem nossa velha fala cada um a seu modo cada um suas necessidades o melhor que ele puder ela para a nossa começa recomeça como saber

Pam Prim fizemos amor todos os dias então a cada três então aos sábados então só uma vez perdida para nos livrar tentamos para reacender pelo cu tarde demais ela caiu da janela ou pulou coluna quebrada

na enfermaria antes que ela fosse todo dia todo o inverno ela me perdoou todo mundo toda a humanidade ela se tornou boa Deus a chamando para casa o monte azul ideia esquisita nada má ela deve ter sido morena no leito de morte cresceu outra vez

as flores no criado-mudo ela não podia virar a cabeça vejo as flores segurei-as com os braços esticados diante de seus olhos as coisas que se vê mão direita mão esquerda diante de seus olhos isto era minha visita e ela perdoando margaridas do latim pérola elas foram tudo quanto pude encontrar

cama de ferro laqueada branca cinquenta de largura tudo era branco bem acima do chão visão do amor nisso ver a mobília dos outros e não o ser amado como se pode

sentado ao pé da cama segurando o vaso flauta verde-bile os pés pendendo as flores entre o rosto através delas que eu esqueço como era exceto intacto branco como giz nem um arranhão ou meus olhos erravam havia uma vintena deles

lá fora a estrada que descia ladeada por árvores milhares todas a mesma mesma espécie nunca soube qual quilômetros de subida reta como uma linha nunca vi aquele esforço no inverno para o alto o gelo sujo derretendo os galhos pretos cinzentos com a geada ela no final no alto morrendo perdoando tudo branco o azevinho que ela tinha implorado as amoras qualquer coisa um pouco de cor um pouco de verde tanto branco a hera qualquer coisa dizer-lhe que eu não conseguia encontrar encontrar as palavras os lugares ela devia ter feito isso no verão julho agosto encontrar as palavras dizer-lhe os lugares onde eu procurara pé esquerdo pé direito um passo à frente dois atrás

minha vida em cima o que fiz na minha vida em cima um pouco de tudo tentei de tudo então desisti não pior sempre um buraco uma ruína sempre uma crosta nunca bom para nada nem feito para aquela farragem complicado demais arrastar-se pelos cantos e dormir tudo que eu queria consegui nada restou só ir para o céu

papai nenhuma ideia negócio de construção talvez algum ramo ou outro caiu do andaime de bunda não o andaime que caiu e ele com ele aterrissou de bunda morto arrebentado deve ter sido ele ou o tio sabe Deus

mamãe nenhuma também coluna de jade bíblia invisível na mão negra só a borda vermelha dourada o dedo negro dentro salmo cento e pouco oh Deus o homem seus dias como erva flor do campo vento em cima nas nuvens o rosto palidez de marfim lábios murmurantes ainda mais baixo é possível

nunca ninguém nunca conheci ninguém sempre corri fugi alhures algum outro lugar minha vida em cima lugares caminhos nada mais lugares breves caminhos longos a maneira mais rápida ou mil desvios a maneira mais segura sempre à noite menos luz um pouco menos A para B B para C lar afinal a salvo afinal cair dormir

primeiros sons pés cochichos tinido de ferro não olhar cabeça
nos braços rosto para o chão macfarlane por cima de tudo virar
a cabeça ao abrigo do casaco fazer uma fresta abrir os olhos
fechá-los depressa fechar a fresta esperar a noite

B para C C para D do inferno para casa inferno para casa para
inferno sempre à noite Z para A esquecimento divino basta

será que ele pensava será que nós pensávamos só o bastante
para falar o bastante para ouvir nem mesmo uma vírgula uma
boca um ouvido velho par malicioso colados juntos tire o resto
coloque-os num pote para acabar lá se há um fim o monólogo

sonhar então que pelo menos certamente não eu sonhar eu
Pim Bom ser eu pensar bah

completamente só Pim completamente só antes de mim sua
voz retorna será que ele falava como eu falo parte três como
eu murmuro na lama o que ouço em mim quando a ofegação
para bocados e sobras se ao menos eu tivesse perguntado não
podia não sabia não falava ainda não ele não saberia SIM OU
NÃO não sei não saberei não perguntei não serei perguntado

minha voz está indo ela voltará minha primeira voz nada de voz
em cima nenhuma lá também a vida de Pim em cima nunca foi
nunca falei com ninguém nunca solo palavras mudas nenhum
som é possível movimentos breves da inferior grande confusão
como saber

se Bom nunca viesse se ao menos isso mas então como terminar a mão mergulhando em garra atrás da lata a bunda ao invés do lodo familiar tudo imaginação e todo o resto essa voz suas promessas e consolos tudo imaginação caro rebento caro verme

tudo isso sempre cada palavra como a ouço em mim que estava fora quando a ofegação para e a murmuro na lama bocados e sobras eu o digo mais uma vez cada palavra sempre não direi mais e agora o que para terminar será que resta algo antes de continuar e terminar a parte dois deixando só a parte três e última sim completamente só resta completamente só ai de mim

completamente só e a testemunha curvada sobre mim nome Kram curvada sobre nós pai para filho para neto sim ou não e o escriba nome Krim gerações de escribas mantendo o registro um pouco afastados sentados em pé não se diz sim ou não amostras excertos

movimentos breves da face inferior nenhum som ou fraco demais

dez metros uma hora e quarenta minutos seis metros por hora ou melhor é mais claro um palmo por minuto eu relembrava meus dias a largura da mão minha vida como nada o homem um sopro

esforços para abrir lata longos esforços não pude ver de que mudar nossas lâmpadas desiste põe de volta lata e abridor no saco muito calmo dormiu seis minutos respiração entrecortada partiu ao acordar seis metros um pouco mais uma hora e doze minutos deixa-se cair

fim do sétimo ano de imobilidade começo do oitavo movimentos breves do focinho parecia estar comendo a lama

três horas manhã começa a murmurar pasmo então consigo apanhar algumas sobras Pim Bim nomes próprios provavelmente imaginação sonhos coisas memórias vidas impossível aqui está meu primogênito velha oficina adeus

silêncios monstruosos vastos tratos de tempo nada perfeito reler as antigas anotações passar o tempo começo do murmúrio seu último dia diabo sortudo estar nessa para que é que sirvo

reler nossas anotações passar o tempo mais sobre mim do que ele mal uma palavra sai dele agora nem um mamã este ano e mais perco nove décimos começa tão de repente vem tão débil vai tão rápido termina tão cedo estou nessa num átimo acabou

não se move mais que uma laje e proibidos de tirar nossos olhos dele para que é que serve isso Krim diz que ele já foi chamado eu também não ousamos deixá-lo depressa todos foram chamados é a única solução

ontem nas anotações do vovô o lugar onde ele deseja morrer fraqueza felizmente honra da família de vida curta ele aguentou firme até chegar sua hora enquanto que feliz de mim tédio inação não me faça rir questão de caráter e o ofício no sangue me deito ao seu lado feliz inovação mais prático para manter-me de olho nele nem um arrepio me escapa do que agachado no banquinho velho estilo até mesmo papai e o estado em que está agora menos o olho que o ouvido se posso falar assim então é óbvio novos métodos uma necessidade

Krim teso demais como um poste em sua carteira esferográfica a postos em alerta para o mínimo nunca muito tempo ocioso se nada eu invento devo me manter ocupado senão a morte

um caderno para o corpo peidos inodoros bancos idem pura lama sucções calafrios pequenos espasmos da mão esquerda no saco tremores da inferior sem som movimentos da cabeça calmos sem pressa o rosto levantado da lama ou a bochecha esquerda ou a bochecha direita e a bochecha direita ou a bochecha esquerda deitada lá no seu lugar ou o rosto ou a bochecha direita ou a bochecha esquerda ou o rosto respectivamente um novo desenvolvimento na minha opinião uma boa nota para mim o que é que isso me lembra

Kram Sétimo no seu último estertor talvez seu rosto mais branco que uma fronha e eu ainda um merdinha será que pode ser o fim afinal a calma longa agonia e eu a testemunha feliz eleger um caderno para tudo isso em todo caso verbetes como na amostra oito de maio dia da vitória impressão que ele está afundando Krim diz que estou louco

um segundo para os resmungos verbatim nada de falsear muito pouco um terceiro este para meus comentários enquanto que até agora tudo a trouxe-mouxe no mesmo azul amarelo e vermelho respectivamente simples quando se pensa bem banhado em suor à luz de minhas lâmpadas ele murmura sobre a escuridão será que está cego deve estar os grandes olhos azuis que ele abre às vezes e sobre um companheiro não vejo nenhum na sua cabeça o escuro o amigo

proibido tocá-lo poderíamos aliviá-lo Krim é completamente a favor e dane-se limpar-lhe as nádegas pelo menos esfregar o rosto qual é o risco ninguém saberá nunca se sabe mais seguro não

sonhei com o grande Kram Nono o maior de todos nós até hoje nunca o conheci que pena vovô se lembrava dele louco furioso antes do limite levantado à força atado como um feixe Krim desapareceu nunca mais visto

ele o primeiro a ter pena felizmente sem sucesso honra da família eliminar o banquinho inovação lamentável descartada e a ideia dos três livros posta de lado onde é que está a grandeza está ali

rico testemunho concordo questionável de quebra sobretudo o livro amarelo aquela não é a voz daqui aqui todo eu a ser abandonado dizer nada quando nada

azuis os olhos eu os vejo velha pedra talvez nossa nova luz do dia lâmpadas é possível concordo e na cabeça o escuro e o amigo concordo mas essa voz a voz de todos qual voz não escuto nenhuma e quais todos que se dane sou da décima terceira geração mas é claro aqui também como saber nossos sentidos nossas luzes para que é que servem olhe para mim e mesmo se eu aqui treze vidas eu digo treze mas muito antes quem sabe quanto quantas outras dinastias

esta voz sim a triste verdade é que há momentos em que parece que posso ouvi-la e minhas lâmpadas que minhas lâmpadas estão se apagando Krim diz que estou louco

mais dois anos a somar um pouco mais então de volta à superfície ah não me deitar se eu pudesse me deitar nunca mais me mexer sinto que poderia fraqueza por pena honra da família se eu pudesse me mover um pouco mais adiante se houvesse um mais adiante só conhecemos esta poça de luz houve um tempo em que ele se movia está no livro um pouco mais adiante na lama no escuro e deixar-se cair meu primogênito morrendo para o seu neto o papai de seu vovô desaparecido nunca ressurgiu nunca visto outra vez tenha isto em mente quando sua hora chegar

livrinho particular essas coisas secretas livrinho todo meu os transbordamentos do coração dia a dia é proibido um livro grande e tudo lá Krim imagina que estou desenhando o que então lugares rostos amados esquecidos

basta fim dos excertos sim ou não sim ou não não não nada de testemunha nada de escriba completamente só e todavia eu o ouço murmuro-o completamente só no escuro na lama e todavia e agora para continuar para concluir para ser capaz mais algumas pequenas cenas vida em cima na luz como vem como a ouço palavra por palavra últimas pequenas cenas dou partida nele logo faço ele parar porrada porrada não consegue aguentar mais ou ele para não consegue dar mais é um ou outro abridor na hora ou não frequentemente não silêncio descanso

ele parou fiz ele parar permiti que ele parasse é um ou outro não especificado a coisa para e mais ou menos longo silêncio não especificado mais ou menos longo descanso dou partida nele outra vez abridor ou maiúsculas conforme o caso senão nunca uma palavra nova sequência assim por diante

os vazios são os buracos senão flui mais ou menos mais ou menos profundos os buracos estamos falando de buracos não especificados não possível nada a ver sinto-os e espero até ele conseguir desligado e ligado outra vez ou eu não e abridor ou eu sim e abridor do mesmo jeito isto o ajuda como o ouço como vem palavra por palavra para continuar para concluir para ser capaz parte dois deixando só a três e última

que país todos os países meia-noite sol meio-dia noite todas as latitudes todas as longitudes

todas as longitudes

que homens todas as cores preto ao branco tentei todas então desisti nada pior vago demais perdão pena para casa a terra natal para morrer aos vinte anos constituição de ferro em cima na luz minha vida minha vida ganha minha vida tentada de tudo construção principalmente estava florescendo todos os ramos gesso principalmente conheci Pam acho amor nascimento do amor acréscimo decréscimo morte esforços para ressuscitar pelo buraco do cu em vão pela boceta novamente vãos pulou da janela ou caiu coluna quebrada hospital margaridas mentiras sobre o visgo perdão

sair de dia não de noite menos luz um pouco menos escondido de dia um buraco uma ruína terra salpicada de ruínas todas as idades meu cachorro espinhal ele lambia meus genitais Skom Skum atropelado por uma carroça não tinha seu juízo perfeito coluna quebrada aos trinta e ainda vivo constituição robusta que é que vou fazer

vida pequenas cenas só o tempo de ver as colgaduras se abrem balançar pesado de veludo negro qual vida vida de quem dez doze anos de idade dormindo no sol ao pé do muro poeira branca uma palmeira azul denso nuvenzinhas outros detalhes silêncio cai outra vez

que sol o que é que eu disse não importa disse algo isto é o que era preciso visto algo chamado de em cima dito que era assim dito que era eu dez doze anos de idade dormindo no sol na poeira para ter um momento de paz eu o tenho eu o tive abridor cu cena seguinte e palavras

mar embaixo a lua boca do porto depois o sol a lua sempre luz dia e noite montinho na popa sou eu todos aqueles que eu vejo sou eu todas as idades a correnteza me leva a maré esperada estou procurando uma ilha em casa afinal deixar-me cair nunca me mexer outra vez uma viradinha ao anoitecer para a praia o mar então de volta deixar-me cair dormir acordar no silêncio olhos que ousam se abrir ficar abertos viver velho sonho de caranguejos algas à popa se afastando terra dos irmãos luzes enfraquecendo montanha se me volto água revolta ele cai eu caio de joelhos me arrasto para frente tinir de correntes talvez não seja eu talvez um outro talvez uma outra viagem confusão com uma outra que ilha que lua você diz a coisa que você vê os pensamentos às vezes que vão com ela ela desaparece a voz continua algumas palavras ela pode parar pode continuar depende de que não se sabe não se diz

de que as unhas que podem continuar a mão morta alguns milímetros a vida um pouco lenta para deixá-las o cabelo a cabeça morta um aro rolado por uma criança eu mais alto que ele eu eu caio desapareço o aro rola mais um pouco perde o rumo balança cai desaparece a aleia está parada

não pode continuar estamos falando de mim não de Pim Pim está acabado ele acabou eu agora parte três não Pim minha voz não a dele dizendo isto estas palavras não pode continuar e Pim que Pim nunca foi e Bom cuja chegada espero para acabar ficar acabado ter acabado eu também que Bom nunca será nenhum Pim nenhum Bom e esta voz quaqua de nós todos nunca foi só uma voz minha voz nunca nenhuma outra

tudo isto não Pim eu que murmuro tudo que uma voz a minha somente e que curvado sobre mim anotando uma palavra a cada três duas a cada cinco de geração em geração sim ou não mas sobretudo continuar impossível por enquanto completamente impossível isto é o essencial que nada loucura eu o ouço murmuro-o para a lama loucura loucura deixe de bobagem passe lama pela cara as crianças fazem isso na areia na praia no campo em quadrados de areia as mais humildes tudo ao redor bem apertado quando criança você o teria feito nos quadrados de areia até você a lama acima das têmporas e nada mais para se ver só três cabelos brancos peruca velha apodrecendo num monte de esterco falso crânio sujo de mofo e descanso você nada pode dizer quando o tempo termina você pode terminar

tudo isso o tempo que leva para dizer tudo isso minha voz uma voz minha não como aquela mais fraca menos clara mas o teor e de volta a Pim onde abandonado parte dois ela ainda pode terminar ela deve terminar é melhor só falta um terço dois quintos então parte três deixando só a parte três

F então bem profundo farto de luz depressa agora o fim em cima última coisa último céu aquela mosca talvez deslizando na vidraça na colcha todo o verão pela frente ou meio-dia glória de cores atrás da vidraça na boca da caverna e os véus se aproximando

dois véus da esquerda e da direita eles se aproximam vêm juntos ou um abaixo outro acima ou oblíquos em diagonal do canto de cima esquerdo ou direito ou do canto de baixo direito ou esquerdo um dois três e quatro eles se aproximam vêm juntos

um primeiro par então outros por cima tantas vezes quanto necessário ou um primeiro dois três ou quatro um segundo dois três quatro ou um um terceiro três quatro um ou dois um quarto quatro um dois ou três tantas vezes quanto necessário para que para ser feliz olhos saltados pupilas dilatadas noite no meio do dia melhor a mosca ao romper da aurora quatro horas cinco horas o sol se levanta seu dia começa a mosca estamos falando da mosca seu dia seu verão na vidraça na colcha sua vida última coisa último céu

F então bem profundo depressa agora o fim em cima farto da luz e unha na pele para a barra superior do I romano quando de repente cedo demais cedo demais algumas pequenas cenas de repente faço uma cruz em cima bem profunda Santo André do mar Negro e abridor significando outra vez estou sujeito a estes caprichos

minha vida outra vez em cima na luz o saco se mexe cresce ainda outra vez se mexe outra vez a luz através da trama desgastada filtra menos branco sons agudos distantes ainda mas menos é noite ele se arrasta miúdo para fora do saco eu outra vez estou lá outra vez o primeiro é sempre eu então os outros

que idade meu Deus cinquenta sessenta oitenta murcho de joelhos bunda nos calcanhares mãos no chão esparramadas como pés imagem muito clara coxas doendo a bunda se levanta a cabeça pende toca a palha é melhor som de vassoura o rabo do cachorro queremos ir para casa afinal

meus olhos abertos ainda claro demais vejo cada colmo sons de martelos três ou quatro pelo menos martelos cinzéis cruzes talvez ou algum outro ornamento me arrasto para a porta levanto minha cabeça sim lhe garanto espiar por uma fresta e assim eu iria até o fim do mundo de joelhos até o fim do mundo bem ao redor dele de joelhos braços patas da frente olhos a dois dedos do chão cheiraria o mundo outra vez minha risada em tempo seco levanta a poeira de joelhos subindo os passadiços entre conveses como os emigrantes

homero luz malva do anoitecer onda malva entre as ruas os morcegos fora já nós ainda não não tão bobos eu sou o cérebro dos dois sons distantes ainda mas menos é o ar da noite que faz isso deve-se entender essas coisas e mais tarde ao se aproximar que é apenas um ranger de rodas se aproximando aros de ferro sacolejando nas pedras a colheita talvez chegando em casa mas os cascos naquele caso

não importa aí estou eu outra vez como me aguento de joelhos mãos postas diante do meu rosto pontas dos polegares diante do nariz pontas dos dedos diante da porta o alto da cabeça ou vértice contra a porta pode-se ver a atitude sem saber o que dizer a quem implorar o que implorar não importa é a atitude que conta é a intenção

como me aguento algum dia será noite e tudo adormecido haveremos de escapar o rabo varre a palha ele não tem o juízo perfeito o meu agora para pensar por nós dois aqui vêm os véus caríssimos da esquerda e da direita eles nos varrem então o resto toda a porta se vai a vida em cima pequena cena eu não poderia tê-la imaginado eu não poderia porrada no crânio nada a ver as autópsias e então o que então o que tentaremos ver últimas palavras cortar estocar algumas palavras VOCÊ ME AMA BABACA não desaparecimento de Pim fim da parte dois deixando só a parte três e última não se pode continuar continua-se como antes será que se pode alguma vez parar pôr um ponto é por aí não se pode continuar não se pode parar pôr um ponto

então Pim para a vida em cima na luz ele não consegue dar mais eu permitindo ou porrada no crânio não consigo aguentar mais é um ou outro e o que então ele eu perguntarei a ele mas primeiro eu quando Pim para o que me acontece mas primeiro os corpos colados juntos o meu ao norte bom basta quanto aos troncos as pernas mas as mãos quando Pim para onde é que estão os braços as mãos o que estão fazendo

seu direito bem longe no eixo direito da clavícula ou cruz Santo André do Volga o meu sobre seus ombros seu pescoço não consigo ver bom basta quanto aos braços direitos e suas mãos não consigo ver não se diz em conformidade e os outros os esquerdos os braços estamos falando de nossos braços totalmente esticados à nossa frente as mãos juntas no saco bom basta quanto aos quatro braços as quatro mãos mas juntas como se tocando simplesmente ou entrelaçadas

entrelaçadas mas como entrelaçadas como num aperto de mão não mas a dele espalmada a minha por cima os dedos retorcidos deslizados entre os dele as unhas contra a sua palma é a posição que elas finalmente adotaram imagem clara disto bom e parêntese a visão de repente tarde demais um pouco tarde de como minhas injunções por outros meios mais humanas minhas ordens por um conjunto diferente de sinais bem diferente mais humano mais sutil de mão esquerda para mão esquerda no saco unhas e palma se coçando se apertando mas não sempre a mão direita porrada no crânio garras no sovaco para a canção lâmina na bunda pilão no rim tapa transversal e indicador no buraco todo o necessário até o fim que pena bom e as cabeças

cabeças juntas necessariamente meu ombro direito sobrepondo-se ao seu esquerdo tenho o de cima em toda a parte mas como juntas como dois velhos pangarés atrelados não mas a minha minha cabeça o rosto na lama e a sua a bochecha direita na lama sua boca contra meu ouvido nossos pelos emaranhados impressão que para nos separar teriam que cortá-los bom basta quanto aos corpos os braços as mãos as cabeças

o que então aconteceu conosco ele eu recair no passado nesta posição quando o silêncio quando Pim parou sem dar mais nada eu permitindo ou porrada no crânio sem tomar mais nada lhe perguntarei mas eu eu

pergunta se o que ele disse ou melhor eu ouvi daquela voz arruinada de tão longo silêncio um terço dois quintos ou cada palavra pergunta se lá quando ela para se em algum lugar lá algo para se pensar prece sem palavras contra uma porta de estábulo longo esforço gelado em direção à tarde demais toda-perdão o que mais a noite em água mortas no fundo no pequeno mar pobre em ilhas ou ainda alguma outra viagem

lá com que se distrair um momento desta vasta estação ou só um pingo d'água para a sede que se bebe e passe bem resposta só um pingo de água estagnada me contentaria com um trago nessa hora e pergunta o que posso lhe perguntar agora o que posso mesmo lhe perguntar mais me ocupar com isso se ao menos alguns segundos seriam bons segundos resposta não eles não seriam também pergunta por que resposta porque ah sim há razão em mim ainda porque todas as coisas que lhe perguntei e nem sei tanto quais mas apenas sei se tanto que ele ainda está aí metade em meus braços colando-se a mim com todo seu tamanhinho eis algo para se saber e neste corpinho sem idade preto de lama quando o silêncio cai outra vez bastante sentimento ainda por ele estar aí ainda

comigo alguém lá comigo ainda e eu lá ainda estranho desejo quando o silêncio lá ainda o bastante para me perguntar se só alguns segundos se ele ainda está respirando ou em meus braços já um verdadeiro cadáver insupliciável daqui por diante e essa tepidez sob meu braço contra meu flanco simplesmente a lama que fica tépida como vimos palavras meus guias gazeteiros com vocês estranhas viagens

alegremente então mais uma vez empurrar puxar se ao menos um arenque de tempos em tempos um pitu seriam bons momentos ai de mim estrada errada não estamos mais naquela estrada as latas nas profundezas do saco hermeticamente sob vácuo sobre seus mortos para sempre seladas a voz para por uma ou outra razão e a vida com ela em cima na luz e nós com ela isto é o que é feito de nós

eu pelo menos ele eu ainda tenho que perguntar o que é feito de mim pelo menos quando o silêncio eu paro então recomeço abridor ou maiúsculas e nos pelos contra meu ouvido a voz extorquida a vida em cima um murmúrio pilão no rim mais alto mais claro e o que será feito de mim quando eu não a tiver mais terei uma outra quaqua de nós todos eu não disse isso não soube disso então a minha própria eu não disse isso não nada não disse nada eu o digo como ouço disse sempre breves movimentos da inferior nenhum som a voz de Pim no meu ouvido que eu sempre a teria e a vida em cima não possível de outro modo nossas pequenas cenas azul de dia sempre bonito alguns flocos de nuvens as estrelas de noite corpos celestes nunca escuro ad libitum confidencial entre nós segredos um murmúrio sempre e tem mais na minha opinião eu a ouço tal pergunta murmuro-a minha opinião tal pergunta nunca passou nunca poderia pela minha cabeça tal dúvida minha opinião eu a ouço murmuro-a nunca nunca

em suma a voz de Pim então nada a vida como dizemos pequena cena um minuto dois minutos bons momentos então nada melhor ainda nem uma dúvida Kram espera um ano dois anos ele nos conhece algo errado aí mas mesmo assim dois anos três anos no final para Krim estamos mortos algo errado aí

Krim mortos será que você está louco não se morre aqui e com isso com a longa garra do seu indicador Kram agitado perfura a lama duas pequenas felpas para as peles então para Krim você tem razão eles estão tépidos Krim para Kram papéis invertidos é a lama Kram nós os deixaremos descobertos e veremos um ano dois anos o dedo de Krim as peles ainda tépidas

Krim não posso acreditar nisso vamos medir a temperatura deles Kram desnecessário a pele está rosada Krim rosada será que você está louco Kram eles estão tépidos e rosados aí está não somos nada e somos rosados bons momentos nem uma dúvida

em suma mais uma vez de uma vez por todas a voz de Pim
então nada nada então a voz de Pim eu a faço parar suporto
que pare depois dou-lhe partida outra vez que eu afinal possa
não mais ser então afinal ser outra vez algo aí que me escapa já
que como posso eu abridor maiúsculas e não ser é impossível
desafia a razão há razão em mim ainda

em suma mais vivo eis onde eu queria chegar cheguei eu o digo
como ouço mais como é que posso dizer mais vivo não há
nada melhor antes de Pim parte um mais independente vendo
minhas próprias pequenas cenas rastejando comendo pensando
até mesmo se você insiste um pensamento inusitado e obscuro
perder o primeiro e único abridor me agarrar à humanidade
mil e um últimos artifícios com emoções risadas até e lágrimas
para combinar logo secas em suma me agarrando

nada também com certeza frequentemente nada apesar de
tudo mortinho da silva tépido e rosado sempre inclinado para
aquele lado desde o útero se posso julgar pelo que sei cada vez
menos é verdade sobre mim mesmo desde o útero a ofegação
para murmuro-o

mesmo Pim com Pim no começo parte dois primeira metade
primeiro quarto mais vivo quando penso que pude como fiz
treiná-lo como fiz conceber aquele sistema então aplicar não
posso me conformar com isso fazê-lo funcionar meu malfeito
para sempre já que é claro pálpebras se abrem fecham outra
vez depressa me vejo muito claramente desde que nada resta
só a voz

a de Pim então quaqua de nós todos então a minha apenas aquela de nós todos minha apenas a meu modo um murmúrio na lama no magro ar negro nada resta só ondas curtas trezentos quatrocentos metros por segundo breves movimentos da inferior com murmúrio pequeno estremecimento rente à lama um metro dois metros eu tão vivo nada resta só palavras um murmúrio a intervalos

tantas palavras tantas perdidas uma a cada três duas a cada cinco primeiro o som depois o sentido mesma proporção ou melhor nenhuma nenhuma perdida ouço tudo entendo tudo e vivo outra vez tenho vivido outra vez não digo em cima na luz entre as sombras à procura de sombra eu digo aqui SUA VIDA AQUI em suma minha voz senão nada portanto nada senão minha voz portanto minha voz tantas palavras encadeadas como assim primeiro exemplo

como assim ela está me deixando como aos outros então nada nada exceto nada então Bom a vida com Bom as velhas palavras de volta dos mortos algumas palavras velhas seu desejo ele está à minha esquerda seu braço direito ao meu redor sua mão esquerda na minha no saco seu ouvido contra minha boca minha vida na luz um murmúrio alguns velhos bolorentos confiáveis azul-celeste que nunca morre a manhã com a noite em seu rastro outras subdivisões do tempo uma ou duas flores costumeiras noite também luz o que quer que se diga em contrário lugares seguros um atrás do outro lares infernais ele sempre me terá consigo um murmúrio de momentos à vontade da longa peste que não acabou conosco então bah rato solitário da cabeça aos pés no escuro na lama e como assim segundo exemplo nada de Pim nada de Bom eu sozinho minha voz nenhuma outra ela me deixa eu me deixo ela volta para mim eu volto para mim ou finalmente sob as lâmpadas terceiro exemplo e último sob as lâmpadas do observador ideal súbita agitação da boca e adjacências toda a inferior breve arremesso da língua rosada umas bolhas de espuma então súbita linha reta lábios desaparecidos nenhum traço de muco gengivas apertadas arco contra arco ele não suspeita de nada mas para onde é que voei então súbito mesmo outra vez então então para onde vou de então em então e entre eles mas primeiro depressa fazer um final para a vida em comum fim afinal da parte dois deixando só a final afinal

SUA VIDA AQUI longa pausa SUA VIDA AQUI bem profundo longa pausa esta alma morta que terror posso imaginar SUA VIDA inacabada pois murmúrio luz do dia luz da noite pequena cena AQUI até o sabugo e alguém ajoelhado ou encolhido num canto na escuridão início de pequena cena na escuridão AQUI AQUI até o osso a unha quebra depressa outra nos sulcos AQUI AQUI urros porrada a cara toda na lama boca nariz nada mais de fôlego e urros ainda nunca viu isso antes sua vida aqui urros no ar negro e na lama como os de uma velha criança nunca serão sufocados bom tentar outra vez AQUI AQUI até a medula urros para beber anos solares nada de cifras até afinal bom ele vence a vida aqui esta vida ele não consegue

perguntas então VOCÊ ME AMA BABACA este gênero cortar estocar para fazer um final chegar lá afinal se ele se lembra como chegou aqui não um dia ele se encontrou aqui sim como quando se nasce sim modo de falar sim se ele sabe há quanto tempo não nem mesmo uma ideia aproximada não se ele se lembra de como viveu não sempre viveu assim sim achatado de barriga na lama sim no escuro sim com seu saco sim

nunca um clarão não nunca uma alma não nunca uma voz
não eu o primeiro sim nunca se mexeu nem se arrastou não
alguns metros não comeu pausa COMEU bem profundo não se
ele sabe o que tem no saco não nunca teve a curiosidade não
se ele pensa que pode morrer um dia pausa MORRER UM DIA não

nunca fez por ninguém o que eu por ele animar não certeza
sim nunca sentiu outra carne contra a sua não feliz não infeliz
não se ele me sente contra si não só quando eu o torturo sim

se ele gosta de cantar não mas às vezes ele canta sim sempre a
mesma canção pausa MESMA CAN sim se ele vê coisas sim com
frequência não pequenas cenas sim na luz sim mas não com
frequência não como se uma luz se acendesse sim como se sim

céu e terra sim gente fuçando sim por toda parte sim e ele lá
em algum lugar sim se esgueirando em algum lugar sim como
se a lama se abrisse sim ou ficasse transparente sim mas não
com frequência não não por muito tempo não do contrário
negro sim e ele chama isto de vida em cima sim em oposição
à vida aqui pausa AQUI urros bom

elas não são memórias não ele não tem memórias não nada
para provar que ele já esteve em cima não nos lugares que ele
vê não mas ele pode ter estado sim se esgueirando em algum
lugar sim abraçando as paredes sim de noite sim ele não pode
afirmar nada não negar nada não então não se pode falar de
memórias não mas ao mesmo tempo pode-se falar delas sim

se ele fala consigo não pensa não acredita em Deus sim todo dia não deseja morrer sim mas não espera não ele espera ficar onde está sim achatado como carrapato de barriga sim na lama sim sem movimento sim sem pensamento sim eternamente sim

se ele tem certeza do que diz não ele não pode afirmar nada não ele pode ter esquecido muitas coisas não certas coisinhas sim as poucas que havia sim tais como ter se arrastado um pouco sim comido um pouco sim pensado um pouco sim murmurado um pouco para si mesmo sozinho sim ouvido uma voz humana não ele não teria esquecido isto não se esfregado num irmão antes de mim não ele não teria esquecido isto não

se ele quer que eu o deixe sim em paz sim sem mim há paz sim havia paz sim todo dia não se ele pensa que o deixarei não ficarei onde estou colado a ele sim torturando-o sim eternamente sim

mas ele não pode afirmar nada não negar nada não as coisas podem ter sido diferentes sim sua vida aqui pausa SUA VIDA AQUI bem profundo nos sulcos urros porrada cara na lama nariz boca urros bom ele vence ele não consegue

EM CIMA a luz se acende pequenas cenas na lama ou memórias de cenas passadas ele encontra as palavras em nome da paz AQUI urros esta vida ele não consegue ou não consegue mais ele fora capaz uma vez como era antes do outro com o outro depois do outro antes de mim o pouco que havia quase tudo como eu minha vida aqui antes de Pim com Pim como era o pouco que havia eu o disse fui capaz acho que sim como o ouço e digo para fazer um final com ele um aviso para mim murmurar para a lama depressa depressa logo não serei capaz também nunca nenhum Pim nunca teve nunca nada de todo este pouco depressa então o pouco que resta acrescentá-lo depressa antes de Bom antes que ele chegue para me perguntar como era minha vida aqui antes dele o pouco que resta acrescentá-lo depressa como era depois de Pim antes de Bom como é

depressa então fim afinal da parte dois como era com Pim deixando afinal só a parte três e última como era depois de Pim antes de Bom como é dizendo como o ouço que um dia tudo isso cada palavra sempre como a ouço em mim que estava fora quaqua a voz de nós todos quando a ofegação para e murmurar na lama para a lama que um dia voltar para mim para Pim por que não se sabe não se diz do nada voltar do nada a surpresa de me encontrar sozinho afinal nada mais de Pim eu sozinho no escuro na lama fim afinal da parte dois como era com Pim deixando afinal só a parte três e última como era depois de Pim antes de Bom como é eis como era com Pim

aqui então afinal cito sempre parte três como era depois de Pim como é parte três afinal e final para a qual mais leve que o ar um instante plof caídos tantos votos suspiros preces sem palavras desde a primeira palavra eu a ouço a palavra como

sem mais tempo eu o digo como ouço murmuro-o na lama estou afundando afundando rápido forte demais sem mais cabeça imaginação gasta sem mais fôlego

o vasto passado próximo e distante o velho hoje do mais remoto velho mesmo o beija-flor conhecido como o momento que passa tudo isso

o vasto passado até o beija-flor ele chega da esquerda eu o observo voar relâmpago semicírculo sentido horário então trégua então o próximo então então ou olhos fechados é melhor cabeça baixa ou não antes da tempestade breves brancos bons momentos breves negros então zzzz o próximo tudo isso

tudo isso quase branco que foi tão enfeitado alguns traços é tudo vendo quem eu sempre mais ou menos tão pouco tão pouco lá mas lá pouco lá mas lá sem alternativa

antes de Pim muito antes com Pim vastos tratos de tempo tipos de pensamentos mesmo gênero diversas dúvidas emoções também sim emoções algumas com lágrimas sim lágrimas moções também e movimentos tanto as partes quanto o todo como quando ele parte à procura todo ele parte à procura do verdadeiro lar lá então mais ou menos mais antigamente menos ultimamente muito pouco nesses últimos tratos eles são os últimos extremamente pouco quase nada alguns segundos a intervalos o bastante para marcar uma vida várias vidas cruzes por toda parte traços indeléveis

tudo isso quase branco nada a sair disso quase nada nada a introduzir eis o mais triste a imaginação em declínio tendo atingido o fundo o que se chama afundar é uma tentação

ou ascender céu afinal nenhum lugar como ele no fim

ou não se mexer isto também isto é defensável metade na lama metade fora

sem mais cabeça em todo caso quase nenhuma sem mais coração só o bastante para ser grato por isso um pouco grato por ser tão pouco lá e afundando um pouco afinal tendo atingido o fundo

um pouco alegre quanto menos se está lá mais alegre quando se está lá menos lágrimas um pouco menos quando se está lá as palavras faltam tudo falta menos lágrimas por falta de palavras falta de comida até o nascimento está faltando tudo isto o torna alegre deve ser isto tudo isto um pouco mais alegre como era isso falta antes de Pim com Pim tudo perdido quase tudo nada restou quase nada mas está feito grande benção deixando apenas desde como era depois de Pim como é vasta extensão de tempo antes de Pim com Pim vastos tratos de tempo alguns minutos a intervalos somados vasta extensão eternidade mesma escala de magnitude nada aí quase nada

cerrar os olhos cito sempre não os azuis os outros atrás ver algo algum lugar depois de Pim isso é tudo que resta a respiração numa cabeça nada restou só uma cabeça nada nela quase nada só a respiração ofegar ofegar cem por minuto prendê-la tê-la presa dez segundos quinze segundos ouvir algo tentar ouvir algumas velhas palavras depois de Pim como era como é depressa

Pim depressa depois de Pim antes que ele desapareça nunca foi só eu eu Pim como era antes de mim comigo depois de mim como é depressa

um saco muito bem cor de lama na lama depressa dizer um saco cor dos seus arredores tendo-a assumido sempre tido é um ou outro não procure mais o que mais aquela coisa teria a possibilidade de ser tantas coisas dizer saco velha palavra a primeira a chegar duas consoantes c a final não procurar outra tudo desapareceria um saco isto servirá a palavra a coisa é uma coisa possível neste mundo tão pouco possível sim mundo o que mais se pode pedir uma coisa possível vê-la nomeá-la nomeá-la vê-la basta agora descanso voltarei sem alternativa algum dia parar de ofegar dizer o que se ouve ver o que se diz dizer que o vê um braço cor de lama a mão no saco depressa dizer um braço então outro dizer outro braço vê-lo estendido rijo como se curto demais para alcançar agora adicionar uma mão dedos abertos estendidos rijos unhas monstruosas tudo isso dizer que se vê tudo isso

um corpo que importa dizer um corpo ver um corpo toda a traseira branca originalmente alguns lugares ainda claros dizer cinza de cabelo crescendo ainda isto basta uma cabeça dizer uma cabeça dizer que se viu uma cabeça tudo isso todo o possível um saco com comida um corpo inteiro vivo ainda sim vivendo parar de ofegar deixar parar dez segundos quinze segundos ouvir esta respiração sinal de vida ouvi-la dita dizer que a ouve bom seguir ofegando

a intervalos como se nascido do vento mas nenhum fôlego agudo e fraco a velha matraca de Deus o velho moinho remoendo o vazio ou com humor diverso como se ele mudasse grandes tesouras da velha bruxa negra mais velha que o mundo nascida da noite clique claque clique claque dois fios por segundo cinco a cada dois nunca o meu

não mais não ouvirei mais não verei mais sim eu devo para fazer um final mais algumas velhas palavras encontrar mais algumas não tão velhas como quando Pim parte dois aquelas acabaram nunca foram senão velhas extensão de tempo vasta demais esta voz estas vozes como se nascidas de todos os ventos mas nem um fôlego outra antiguidade um pouco mais recente parar de ofegar deixar parar dez segundos quinze segundos algumas velhas palavras a intervalos encadeá-las fazer frases

algumas velhas imagens sempre as mesmas sem mais azul o azul acabou nunca foi o saco os braços o corpo a lama o cabelo escuro que vive e as unhas tudo isso minha voz nenhuma objeção de volta afinal uma voz de volta afinal à minha boca minha boca nenhuma objeção uma voz afinal no escuro na lama inimagináveis tratos de tempo

esta respiração prender esta respiração tê-la presa uma duas vezes por dia e noite o tempo que significa para aqueles em baixo de quem e tudo em cima e tudo em volta a terra gira e tudo gira que se apressam tanto de um objetivo a outro que se não fosse esta respiração eu acreditaria que ouço seus pés apressados prendê-la tê-la presa dez segundos quinze segundos tentar ouvir

deste velho conto quaqua por todos os lados então em mim bocados e sobras tentar ouvir algumas sobras duas ou três de cada vez por dia e noite encadeá-las fazer frases mais frases as últimas como era depois de Pim como é algo errado aí fim da parte três e última

esta voz estas vozes como saber não significam um coro não não só uma mas quaqua significa por todos os lados megafones é possível técnica algo errado aí

errado pois nunca duas vezes a mesma a menos que o tempo vastos tratos envelhecida para além do reconhecimento não pois com frequência mais fresca mais forte depois do que antes a menos que a doença a tristeza elas às vezes passam você se sente melhor menos desgraçado depois do que antes

a menos que gravações em ebonite ou similar toda uma vida gerações em ebonite pode-se imaginar nada que impeça de se misturar tudo mudar a ordem natural brincar com isso a menos que inalterada afinal de contas a voz estamos falando da voz e tudo minha culpa falta de atenção perda de memória os vários tempos misturados na minha cabeça todos os vários tempos antes durante depois vastos tratos de tempo

e sempre a mesma coisa velha as mesmas velhas coisas possível e impossível ou eu minha culpa que não consigo encontrar mais nada quando a ofegação para ouvir mais nada as mesmas velhas coisas quatro ou cinco alguns enfeites a vida em cima pequenas cenas

coisas ditas para mim sobre mim para quem mais sobre quem mais cerrar os olhos tentar ver outro para quem sobre quem para quem sobre mim sobre quem para mim ou mesmo um terceiro cerrar os olhos tentar ver um terceiro misturar tudo isso

quaqua a voz de nós todos todos quem todos aqueles aqui antes de mim e por vir sozinhos nesta chafurda ou colados juntos todos os Pims torturadores promovidos vítimas passadas se isto jamais passa e por vir isto é certo mais que nunca pela terra desfeita sua luz todos aqueles

com ela aprendo com ela aprendi o pouco que restava aprendo o pouco que resta de como era antes de Pim com Pim depois de Pim e como é para isto também ela encontrou palavras

pois como seria quando eu não a tivesse mais antes que eu tivesse a minha este vasto abismo e quando eu a tivesse afinal esta vasta extensão como seria então quando eu tivesse a minha afinal e quando eu não a tivesse mais a minha não mais como seria então o momento em que eu precisaria dizer e não poderia mamãe papai ouvir esses sons saciar minha sede de labiais e não poderia a partir de então palavras para aquele momento e seguintes vasta extensão de tempo

movimentos para nada da face inferior nenhum som nenhuma palavra e então nem mesmo isso mais nada a ver sem mais confiança a ser depositada nisso quando é a última esperança procurar algo mais como seria então palavras para isso

dela tudo isso disso tão pouco o pouco que resta me dei um nome a ofegação para e eu sou um instante este velho sempre se apoucando pouco que eu acho que ouço de uma voz antiga quaqua por todos os lados a voz de nós todos tantos quanto sejamos tantos quanto terminarmos se jamais terminarmos por ter sido algo errado aí

a saber dias de grande alegria mais densa que na terra desde a idade de ouro em cima na luz as folhas caídas mortas

algumas no galho se balançam até a renovação negras mortas tremulantes na merda verde sim algumas nesta condição conseguem duas primaveras um verão e meio três-quartos

antes de Pim a viagem parte um perna direita braço direito empurrar puxar dez metros quinze metros parada cochilo uma sardinha ou similar língua na lama uma imagem ou duas pequenas cenas palavras mudas aguardar partir outra vez empurrar puxar tudo isso parte um mas antes disso ainda outra história deixá-la no escuro não a mesma história não duas histórias deixá-la no escuro assim mesmo como o resto um pouco mais escuro algumas palavras assim mesmo algumas velhas palavras como para o resto parar de ofegar deixar parar

tentar ouvir algumas velhas palavras a intervalos encadeá-las numa frase algumas frases tentar ver como poderia bem ter sido não antes de Pim isto está feito parte um antes disso outra vez vasta extensão de tempo

dois havia dois de nós sua mão na minha bunda alguém tinha chegado Bom Bem uma sílaba m no final tudo que importa Bem tinha chegado para se prender a mim ver mais tarde Pim e mim eu tinha chegado para me prender a Pim a mesma coisa exceto que eu Pim Bem eu Bem me deixou ao sul

Bem chega para se prender a mim onde eu jazia abandonado para me dar um nome seu nome para me dar uma vida me fazer falar de uma vida dita como tendo sido minha em cima na luz antes que eu caísse tudo já dito parte dois com Pim outra parte dois antes da parte um exceto que eu Pim Bem eu Bem me deixou ao sul eu o ouço murmuro-o na lama

juntos então vida em comum eu Bem ele Bem nós Bem vasta extensão de tempo até o dia ouvir dia dizer dia murmurá-lo não se envergonhar como se houvesse uma terra um sol momentos de menos escuro mais escuro aí rir escuro claro aquelas palavras cada vez que elas vêm noite dia sombra luz este gênero o desejo de rir cada vez não às vezes três em cada dez quatro em cada quinze esta proporção tentar às vezes mesma proporção ter sucesso às vezes mesma proporção

claro escuro este gênero de cada cem vezes que elas vêm três risadas quatro risadas levadas a cabo do tipo que convulsionam um instante ressuscitam um instante então deixam mais morto que antes

até o dia murmurar dia não ter vergonha em que para sua surpresa algo aí Bem sozinho no escuro na lama e fim para ele daquela parte para mim também para minha surpresa também algo aí também quando eu parto perna direita braço direito empurrar puxar dez metros quinze metros em direção a Pim sem o saber longa longa viagem

hora de esquecer tudo perder tudo ignorar tudo de onde venho para onde vou frequentes paradas breves cochilos uma sardinha língua na lama perda da fala tão caramente readquirida algumas imagens céus lares pequenas cenas quedas metade para fora da espécie breves movimentos da inferior nenhum som perda do nobre nome de Bem parte um antes de Pim como era vasta extensão de tempo está feito

veio foi dito foi murmurado na lama como era não antes de Pim isto está feito parte um antes disso ainda vasta extensão de tempo muito bonito mas nada certo algo errado algo muito errado é o saco Pim me deixou sem seu saco ele deixou seu saco comigo eu deixei meu saco com Bem deixarei meu saco com Bom deixei Bem sem meu saco para ir em direção a Pim é o saco

Bem então eu estava com Bem antes de ir em direção a Pim deixei Bem então sem meu saco e entretanto aquele saco que eu tinha indo em direção a Pim parte um aquele saco que eu tinha

aquele saco então que eu não tinha ao deixar Bem e que eu tinha ao ir em direção a Pim sem saber que tinha deixado alguém ia em direção a alguém aquele saco então que eu tinha devo tê-lo encontrado há razão em mim ainda aquele saco sem o qual nenhuma viagem

um saco nada a fazer sem um saco sem comida quando se viaja como vimos deveríamos ter visto parte um nada a fazer sem eles isso é regulado assim somos regulados assim

partir então sem um saco eu tinha um saco encontrei-o no caminho aí está a dificuldade superada deixamos nossos sacos com aqueles que não precisam deles pegamos os sacos daqueles que logo precisarão deles partimos sem um saco encontramos um no nosso caminho podemos seguir nosso caminho

um saco que se alguém morresse aqui se poderia dizer que pertencera a um morto afinal tendo-o soltado afinal então afundado sob a lama mas não e assim um simples saco puro e simples um pequeno saco de carvão ao tato trinta quilos quarenta quilos juta molhada comida dentro um simples saco então puro e simples que tão logo a caminho sem comida nem ideia de jamais encontrar alguma ou memória de jamais ter tido alguma ou noção de jamais precisar de alguma encontramos tão logo a caminho no escuro na lama para uma viagem que seria de outro modo breve e não é breve vasta extensão de tempo e nos apropriamos e perdemos um pouco antes da chegada junto com a comida intocada como vimos parte um como era antes de Pim

mais sacos aqui então do que almas infinitamente se viajamos infinitamente e que infinita perda sem lucro aí está esta dificuldade superada algo errado aí

no instante em que deixo Bem outro deixa Pim e se somos neste instante cem mil exatos então cinquenta mil partidas cinquenta mil abandonados nenhum sol nenhuma terra nada girando o mesmo instante sempre em toda parte

no instante em que alcanço Pim outro alcança Bem somos regulados assim nossa justiça o quer assim cinquenta mil casais outra vez no mesmo instante o mesmo em toda parte com o mesmo espaço entre eles é matemático é nossa justiça nessa imundice onde tudo é idêntico nossos caminhos e modos de viajar perna direita braço direito empurrar puxar

tanto quanto eu com Pim o outro com Bem cem mil pronos colados dois a dois juntos vasta extensão de tempo nada mexendo salvo os torturadores aqueles de quem é a vez a intervalos braço direito garra o sovaco para a canção gravar as inscrições mergulhar o abridor pilar o rim todo o necessário no instante em que Pim me deixa e vai em direção ao outro Bem deixa o outro e vem em direção a mim me coloco do meu ponto de vista migração de vermes do lodo então ou cissíparos de latrina em fila dias frenéticos de grande alegria

no instante em que Pim alcança o outro para formar outra vez com ele o único casal que ele forma além daquele comigo Bem me alcança para formar comigo o único casal que ele forma além daquele com o outro

iluminação aqui Bem é portanto Bom ou Bom Bem e a voz quaqua da qual tenho minha vida estas sobras de vida em mim quando a ofegação para das três coisas uma

quando de acordo comigo ela disse Bem falando de como era antes da viagem parte um e Bom falando de como será depois do abandono parte três e última ela disse na verdade

ela disse na verdade num caso como no outro também Bem somente ou somente Bom

ou ela disse na verdade ora Bem ora Bom por descuido ou inadvertência não se dando conta de que variava eu a personifico ela se personifica

ou finalmente ela passava de propósito de um a outro à medida que falava de como era antes da viagem ou de como será depois do abandono por ignorância não se dando conta de que Bem e Bom só poderiam ser um e o mesmo que era em vão desejar para ele uma aparência desconhecida cuja chegada ela anunciara perna direita braço direito empurrar puxar dez metros quinze metros

que ele era necessariamente aquele antigo outro que ela dissera eu suportara então deixara para ir em direção a Pim como Pim me suportara então deixara para ir em direção ao seu outro

para não sem o saber tudo aqui sem o saber nossa justiça nunca ir de nunca em direção a

sem o saber que cada sempre deixa o mesmo sempre vai em direção ao mesmo sempre perde o mesmo sempre vai em direção a ele que o deixa sempre o deixa que vai em direção a ele nossa justiça

milhões milhões há milhões de nós e há três me coloco do meu ponto de vista Bem é Bom Bom Bem digamos Bom é melhor então eu e Pim eu no meio

assim em mim cito sempre quando a ofegação para sobras daquela antiga voz sobre si mesma seus erros e exatidões sobre nós milhões sobre nós três nossos casais viagens e abandonos apenas sobre mim cito sempre minhas viagens imaginárias irmãos imaginários em mim quando a ofegação para que estava fora quaqua de todos os lados bocados e sobras eu os murmuro

uma voz que se eu tivesse uma voz poderia tê-la tomado por
minha que no instante em que a ouço cito sempre também é
ouvida por ele a quem Bom deixou para vir em direção a mim
e por ele para ir em direção a quem Pim me deixou e se somos
um milhão exato pelos outros 499997 abandonados

a mesma voz as mesmas coisas nada muda só os nomes e nem
mesmo eles dois bastam sem nome cada um espera seu Bom
sem nome vai em direção a seu Pim

Bom para o abandonado não eu Bom você Bom nós Bom mas
eu Bom você Pim eu para o abandonado não eu Pim você Pim
nós Pim mas eu Bom você Pim algo muito errado aí

assim eternamente cito sempre algo perdido aí assim eternamente ora Bom ora Pim algo errado aí segundo esquerda ou
direita norte ou sul torturador ou vítima estas palavras fortes
demais torturador sempre do mesmo e vítima sempre do
mesmo e agora sozinho viajando abandonado completamente
só sem nome todas estas palavras fortes demais quase todas
um pouco fortes demais eu o digo como ouço

ou um somente um nome somente o nobre nome de Pim e
eu ouço errado ou a voz diz errado e quando eu ouço Bom
ou ela diz Bom em mim quando a ofegação para a sobra Bom
que estava fora quaqua por todos os lados

quando ouço ou de fato ela diz que antes de ir em direção a Pim parte um eu estava com Bom como Pim comigo parte dois

e que neste momento parte três perna direita braço direito empurrar puxar Bom em direção a mim como eu em direção a Pim parte um

é Pim que deveria ser ouvido Pim a quem deveria ter sido dito que eu estava com Pim antes de ir em direção a Pim parte um e que neste momento parte três Pim em direção a mim como eu em direção a Pim parte um perna direita braço direito empurrar puxar dez metros quinze metros

um milhão então se um milhão exato um milhão de Pims ora imóveis aglutinados dois a dois para proveito da tortura forte demais quinhentos mil montinhos cor de lama e agora mil mil solitários sem nome metade abandonados metade abandonando

e três se três quando em mim a ofegação para esta voz que estava fora quaqua por todos os lados quando eu a ouço falar de milhões e de três que se eu tivesse uma voz cito um pouco de coração um pouco de cabeça que pudesse tomar por minha então eu sozinho a ouço que sozinho estou abandonado

sozinho murmurar de milhões e de três nossas viagens casais e abandonos e o nome que damos um ao outro e damos e damos outra vez sozinho ouvir estas sobras e murmurá-las na lama para a lama meus dois companheiros como vimos estando a caminho ele que está vindo em direção a mim e ele que está partindo de mim algo errado aí quer dizer cada um em sua parte um

ou em sua parte cinco ou nove ou treze assim por diante

certo

enquanto que a voz como vimos peculiar à parte três ou sete ou onze ou quinze assim por diante exatamente como o casal à parte dois ou quatro ou seis ou oito assim por diante

certo

assumindo-se que se prefere a ordem aqui proposta a saber um a viagem dois o casal três o abandono àquela àquelas a serem obtidas ao se começar pelo abandono e terminar pela viagem passando pelo casal ou ao começar pelo casal e terminar pelo

pelo casal

passando pelo abandono

ou pela viagem

certo

algo errado aí

e se ao contrário eu sozinho então sem mais problema uma solução que sem um sério esforço de imaginação pareceria difícil evitar

como por exemplo nosso percurso uma curva fechada e sejamos numerados de 1 a 1000000 então o número 1000000 ao deixar seu torturador o número 999999 ao invés de se lançar para diante no descampado em direção a uma vítima inexistente prossegue em direção ao número 1

e o número 1 deixado pela sua vítima o número 2 não fica eternamente destituído de torturador já que este último como vimos na pessoa do número 1000000 está se aproximando a toda velocidade que consegue imprimir perna direita braço direito empurrar puxar dez metros quinze metros

e três se apenas três de nós e assim numerados apenas de 1 a 3 quatro de preferência é melhor imagem mais clara se apenas quatro de nós e assim numerados apenas de 1 a 4

então dois lugares apenas nas extremidades da maior das cordas digamos A e B para os quatro casais os quatro abandonados

duas pistas apenas de uma semiórbita cada digamos como diremos AB e BA para os viajantes deixem-me por exemplo ser numerado 1 não é pedir demais e num dado momento me encontrar abandonado quer dizer outra vez abandonado na extremidade A da grande corda e supondo que viremos no sentido horário

então antes que eu possa me encontrar outra vez no mesmo ponto e quase no mesmo estado terei sido sucessivamente

vítima do número 4 em A em curso por AB torturador do número 2 em B abandonado outra vez mas desta vez em B vítima outra vez do número 4 mas desta vez em B em curso outra vez mas desta vez por BA torturador do número 2 outra vez mas desta vez em A e finalmente abandonado outra vez em A e tudo a ponto de recomeçar

certo

para cada um de nós então se apenas quatro de nós antes que a situação inicial possa ser restaurada dois abandonos duas viagens quatro acasalamentos dos quais dois à esquerda ou norte torturando sempre o mesmo no meu caso o número 2 e dois à direita ou sul torturado sempre pelo mesmo no meu caso o número 4

quanto ao número 3 não o conheço nem consequentemente ele a mim justo como o número 2 e o número 4 não se conhecem

para cada um de nós então se apenas quatro de nós um de nós para sempre desconhecido ou conhecido apenas pela reputação há esta possibilidade frequento o número 4 e o número 2 na qualidade de vítima e torturador respectivamente e o número 2 e o número 4 frequentam o número 3 na qualidade de torturador e vítima respectivamente

possível então em princípio que para o número 3 por um lado através da minha vítima cuja vítima ele é e por outro através do meu torturador cujo torturador ele é possível então repito cito em princípio que para o número 3 eu não seja um completo estranho sem jamais termos tido a chance de nos encontrarmos

similarmente se um milhão exato cada um conhece pessoalmente apenas seu torturador e sua vítima em outras palavras aquele que vem imediatamente atrás dele e aquele que vai imediatamente antes dele

e por eles apenas é pessoalmente conhecido

mas pode muito bem em princípio conhecer por reputação os 999997 outros que por causa de sua posição na roda ele nunca tenha a chance de encontrar

e por reputação por eles ser conhecido

pois tomemos vinte números consecutivos

não importa quais não importa quais é irrelevante

814 326 a 814 345

o número 814 327 pode falar palavra imprópria os torturadores sendo mudos como vimos parte dois pode falar do número 814 326 para o número 814 328 que pode falar dele para o número 814 329 que pode falar dele para o número 814 330 e assim por diante até o número 814 345 que desta maneira pode conhecer o número 814 326 por reputação

similarmente o número 814 326 pode conhecer por reputação o número 814 345 o número 814 344 tendo falado dele para o número 814 343 e este último para o número 814 342 e este último para o número 814 341 e assim de volta ao número 814 326 que desta maneira pode conhecer o número 814 345 por reputação

rumor transmissível ad infinitum nos dois sentidos

da esquerda para a direita através das confidências do torturador para sua vítima que as repete para a sua

da direita para a esquerda através das confidências da vítima para seu torturador que as repete para o seu

todas estas palavras repito cito sempre vítimas torturadores confidências eu e os outros estas palavras fortes demais eu o digo outra vez como ouço murmuro-o outra vez para a lama só o infinitum pode-se medir conosco mas pergunta com que propósito

pois quando o número 814 336 descreve o número 814 337 para o número 814 335 e o número 814 335 para o número 814 337 por exemplo ele está simplesmente na verdade descrevendo a si mesmo para dois conhecidos de toda vida

então com que propósito

além do mais a coisa pareceria impossível

pois o número 814 336 como vimos na hora em que alcança o número 814 337 há muito esqueceu tudo que já soube do número 814 335 tão completamente como se ele nunca tivesse sido e na hora em que o número 814 335 o alcança como também vimos há muito esqueceu tudo o que já soube do número 814 337 vasta extensão de tempo

tão verdadeiro que aqui se conhece seu torturador apenas o tempo que leva para suportá-lo e sua vítima apenas o tempo que leva para desfrutá-la se tanto

e estes mesmos casais que eternamente se formam e reformam por todo este imenso circuito que pela milionésima vez em que é concebido é como a inconcebível primeira e sempre dois estranhos se unindo para proveito da tortura e quando na bunda imprevisível pela milionésima vez a mão tateante assenta que para a mão é a primeira bunda para a bunda a primeira mão

algo errado aí

tão verdadeiro a ofegação para eu o ouço murmuro-o para a lama tão verdadeiro que tudo isso é

então nenhum conhecido de se ouvir falar e quanto ao outro ou aquisição pessoal por frequentação aquela que com seu torturador por um lado com sua vítima por outro cada um de nós pode se gabar quanto a isso

quando se pensa no casal que nós éramos Pim e eu parte dois e haveremos de ser outra vez parte seis dez quatorze assim por diante cada vez pela impensável primeira quando se pensa nisso

o que fomos então cada um para si e um para o outro

colados juntos como um único corpo no escuro na lama

como em cada instante cada um cessava e não estava mais lá nem para si mesmo nem para o outro vastos tratos de tempo

e quando voltávamos a estar juntos por um instante outra vez quando se pensa nisso crueldade sofrimento tão mínimos e breves

a necessidade mínima de uma vida uma voz de quem não tem nem uma nem outra

a voz extorquida algumas palavras a vida por causa do grito esta é a prova bem profundo nada mais é preciso um gritinho tudo não está morto bebe-se dá-se de beber e passe bem

foram cito bons momentos de um jeito ou de outro bons momentos quando se pensa

Pim e eu parte dois e Bom e eu parte quatro o que isso será

dizer depois disso que conhecemos um ao outro pessoalmente mesmo então

colados juntos como um único corpo no escuro na lama

imóveis exceto por um braço direito breve agitação a intervalos todo o necessário

dizer depois disso que eu conheci Pim que Pim me conheceu e Bom e eu que nós nos conheceremos mesmo que ligeiramente

pode-se dizer que sim e pode-se dizer que não depende do que se ouve é não sinto muito ninguém aqui conhece ninguém nem pessoalmente nem de outro modo é o não que se apresenta eu o murmuro

e não outra vez sinto muito outra vez ninguém aqui se conhece é o lugar sem conhecimento daí sem dúvida sua singularidade

se quatro então se revolvendo ou um milhão quatro estranhos um milhão de estranhos para si mesmos um para o outro mas aqui cito sempre não nos revolvemos

isto é em cima na luz onde o espaço deles é medido aqui a linha reta a linha reta para o leste estranho e a morte no oeste via de regra

assim nem quatro nem um milhão

nem dez milhões nem vinte milhões nem qualquer número finito par ou ímpar grande que fosse por causa de nossa justiça que quer que nem um fôssemos cinquenta milhões nem um único dentre nós seja desfavorecido

nem um privado de torturador como o número 1 seria nem um privado de vítima como o número 50 000 000 seria supondo este último à frente da procissão que se desloca como vimos da esquerda para a direita ou se preferir do oeste para o leste

e que nunca seja oferecido aos olhos de

de quem

dele encarregado dos sacos

possível

aos seus olhos o espetáculo por um lado de um único dentre nós em direção a quem ninguém nunca vai e por outro de um único outro que nunca vai em direção a ninguém seria uma injustiça e isto é em cima na luz

em outras palavras em palavras simples cito sempre ou estou sozinho e sem mais problema ou então nós somos inumeráveis e sem mais problema também

salvo o de conceber mas sem dúvida isto pode ser feito uma procissão em linha reta sem cabeça nem rabo no escuro na lama com todas as várias infinidades que tal concepção envolve

nada a ser feito em todo caso existimos na justiça nunca ouvi nada em contrário

com isso de uma lentidão difícil de conceber a procissão estamos falando da procissão avançando aos trancos ou espasmos como a merda nas tripas até se perguntar dias de grande alegria se não terminaremos um atrás do outro ou de dois em dois por sermos cagados no ar livre na luz do dia no regime da graça uma lentidão da qual somente cifras mesmo arbitrárias podem dar uma vaga ideia

admitindo então eu cito vinte anos para a viagem e sabendo além disso por ter assim ouvido falar que as quatro fases pelas quais passamos os dois tipos de solidão os dois tipos de companhia pelos quais torturadores abandonados vítimas viajantes todos nós passamos e repassamos sendo regulados assim são de igual duração

sabendo além disso pela mesma gentileza que a viagem se cumpre por etapas dez metros quinze metros à razão de digamos é razoável dizer uma etapa por mês esta palavra estas palavras meses anos eu as murmuro

quatro vezes vinte oitenta doze e meio vezes doze cento e cinquenta vezes vinte três mil dividido por oitenta trinta e sete e meio trinta e sete a trinta e oito digamos quarenta metros por ano nós avançamos

certo

da esquerda para a direita nós avançamos cada um avança e todos avançam do oeste para o leste entra ano sai ano no escuro na lama na tortura e na solidão à velocidade de trinta e sete a trinta e oito digamos quarenta metros por ano nós avançamos esta a débil ideia de nossa lentidão dada por essas cifras das quais basta admitir e sem dúvida pode ser feito por um lado aquela especificada para a duração da viagem e por outro aquelas que expressam o comprimento e a frequência da etapa para se obter uma débil ideia de nossa lentidão

nossa lentidão a lentidão de nossa procissão da esquerda para a direita no escuro na lama

uma imagem em sua descontinuidade das viagens das quais ela é a soma feitas de etapas e de paradas e daquelas etapas das quais a viagem é a soma

quando rastejamos a furta-passo perna direita braço direito empurrar puxar achatados de bruços maldições mudas perna esquerda braço esquerdo empurrar puxar estatelado de cara maldições mudas dez metros quinze metros parada

tudo isso uma vez fora quaqua por todos os lados agora em mim quando a ofegação para tudo isso mais baixo mais fraco mas ainda audível menos claro mas o sentido em mim quando a ofegação para

e que aqui na verdade tudo descontínuo viagem imagens tortura até a solidão parte três quando uma voz fala então para algumas sobras então salvo o escuro a lama tudo descontínuo salvo o escuro a lama uma imagem também desta voz dez palavras quinze palavras longo silêncio dez palavras quinze palavras longo silêncio longa solidão uma vez fora quaqua por todos os lados vasta extensão de tempo então em mim quando a ofegação para sobras

dela tudo que sei como era antes de Pim antes disso ainda com Pim depois de Pim como é palavras para isso também como será palavras para isso numa palavra minha vida vastos tratos de tempo

me ouço outra vez me murmuro outra vez na lama e sou outra vez

a viagem que fiz no escuro na lama linha reta saco amarrado ao pescoço nunca totalmente banido da minha espécie e eu fiz aquela viagem

então algo mais e não a fiz então outra vez e eu a fiz outra vez

e Pim como o encontrei o fiz sofrer o fiz falar e o perdi e tudo isso enquanto dura tive tudo quando a ofegação para

e como há três de nós quatro um milhão e lá estou eu sempre estava com Pim Bom e um outro e 999 997 outros viajando só apodrecendo só martirizando e sendo martirizado oh moderadamente distraidamente um pouco de sangue alguns gritos a vida em cima na luz um pouco de azul pequenas cenas por sede em nome da paz e como não pode haver apenas três de nós apenas quatro apenas um milhão e lá estou eu sempre estava com Pim Bom inumeráveis outros numa procissão sem fim ou começo languidamente se deslocando da esquerda para a direita linha reta para o leste estranho no escuro na lama um sanduíche entre vítima e torturador e como estas palavras não fracas o bastante a maioria delas não de todo

ou sozinho e sem mais problemas nunca nenhum Pim nunca nenhum Bom nunca nenhuma viagem nunca nada só o escuro a lama o saco talvez também ele parece constante também e esta voz que não sabe o que diz ou ouço errado que se eu tivesse uma voz um pouco de coração um pouco de cabeça poderia tomar por minha uma vez fora quaqua por todos os lados então em mim quando a ofegação para baixa agora mal um sopro

tudo isso tudo isso enquanto dura todos esses tipos de vidas quando a ofegação para tive tudo depende do que se ouve conheci tudo fiz e sofri conforme o caso pode ser no presente também e no futuro é com certeza uma questão de ouvir nada mais quando a ofegação para dez segundos quinze segundos todos esses tipos de vidas bocados e sobras murmurá-los para a lama

e finalmente como agora a ofegação mais selvagem cada vez mais animal com falta de ar e para pará-la outra vez para que pare outra vez uma ofegação tão selvagem e esta voz para ouvi-la outra vez que estava fora quaqua por todos os lados agora em mim quando a ofegação para como isso logo sem dúvida não será mais possível naquele momento cito sempre daquele momento em diante e seguintes eu sendo esta voz estas sobras nada mais haverá de ser afinal não mais mas sem cessar por uma ninharia dessas fim da parte três e última deve estar quase finda

isto sim uma ofegação na lama a isto tudo chega no final a viagem o casal o abandono quando o conto todo é contado o torturador que lhe dizem você tivera então perdera a viagem que lhe dizem você fizera a vítima que lhe dizem você tivera então perdera as imagens o saco as pequenas fábulas lá de cima pequenas cenas um pouco de azul lares infernais

a voz quaqua por todos os lados então dentro na pequena abóbada vazia fechada oito planos branco-osso se houvesse uma luz uma pequenina chama tudo seria branco dez palavras quinze palavras como uma emanação de suspiros quando a ofegação para depois a tempestade o sopro penhor de vida parte três e última deve estar quase finda

então que você tenha sua vida e que tenha tido as longas viagens e a companhia de seus semelhantes perdidos e deixados quando a ofegação para para isso tudo caminha no final uma ofegação no escuro na lama não dessemelhante a certas risadas mas não uma

ou então que tudo começa e então a vida que você terá o torturador que você terá a viagem que você fará a vítima que você terá as duas vidas as três vidas a vida que você teve a vida que você tem a vida que você terá difícil de conceber esta última em que ao invés de começar como viajante começo como vítima e ao invés de continuar como torturador continuo como viajante e ao invés de terminar abandonado

ao invés de terminar abandonado termino como torturador

o essencial pareceria estar faltando

esta solidão quando a voz a reconta único meio de vivê-la

minha vida estamos falando de minha vida

a menos que ela a reconte a voz minha vida durante aquela outra solidão quando viajo quer dizer ao invés de um primeiro passado um segundo passado e um presente um passado um presente e um futuro algo errado aí

alternâncias refrescantes de história profecia e últimas notícias através das quais aprendo sucessivamente é sem dúvida o que me mantém jovem como era minha vida ainda estamos falando de minha vida

como era antes de Pim como era com Pim como é formulação atual

como era com Bom como é como será com Pim

como é como será com Bom como será antes de Pim

como era minha vida ainda com Pim como é como será com Bom

impressão fugidia cito que ao tentar apresentar em três partes ou episódios um caso que considerando tudo envolve quatro corre-se perigo de ficar incompleto

que a esta terceira parte agora terminando afinal uma quarta deveria normalmente ser anexada na qual seria vista entre mil e uma outras coisas pouco ou nada visíveis na formulação atual essa coisa

ao invés de eu estar enfiando o abridor na bunda de Pim Bom enfiando-o na minha

e aos invés dos gritos de Pim sua canção e voz extorquida serem ouvidas indistintamente semelhantes as minhas

mas nunca veremos Bom em serviço continuarei ofegando em latência no escuro na lama a voz estando tão ordenada cito que de nossa vida total ela expõe apenas três quartos

ora o primeiro segundo e terceiro ora o quarto primeiro e segundo

ora o terceiro quarto e primeiro ora o segundo terceiro e quarto algo errado aí

e tão ordenada que se indispõe a que o episódio casal mesmo em seu aspecto duplo figure duas vezes na mesma comunicação como seria o caso se ao invés de me fazer começar como viajante formulação atual ou como abandonado formulação possível ela me fizesse começar como torturador ou como vítima

necessidade então de retificar o que acabou de ser dito no que ela tem êxito ao dizer por sua vez que dos quatro três quartos de nossa vida total apenas três se prestam à comunicação

os três quartos dos quais o primeiro a viagem formulação atual e os três quartos dos quais o primeiro o abandono formulação igualmente defensável

repugnância melhor compreendida se gentilmente for considerado que as duas solidões a da viagem e a do abandono diferem sensivelmente e consequentemente merecem tratamentos separados enquanto que os dois casais aquele em que figuro no norte como torturador e aquele em que figuro no sul como vítima compõem o mesmo espetáculo exatamente

já tendo aparecido com Pim na minha qualidade de torturador parte dois não tenho de tomar ciência de uma parte quatro na qual eu apareceria com Bom na minha qualidade de vítima basta para este episódio ser anunciado que Bom vem perna direita braço direito empurrar puxar dez metros quinze metros ou emoções sensações de repente se interessar por elas e mesmo então que se foda cito que importa quem sofre ligeiro vacilo aqui ligeiro tremor

foda-se quem sofre quem faz sofrer quem grita quem é deixado em paz no escuro na lama balbucia dez segundos quinze segundos sobre sol nuvens terra mar retalhos de azul noites claras e de uma criatura se não ainda de pé ainda capaz de ficar de pé sempre a mesma imaginação gasta procurando um buraco para que ele não possa mais ser visto no meio deste reino encantado quem bebe aquela gota de mijo de ser e quem com seu último arquejo mija ela para beber o momento é alguém cada um na sua vez como quer nossa justiça e nunca nenhum fim ela quer isso também todos mortos ou nenhum

duas formulações possíveis portanto a atual e aquela outra começando onde a atual termina e consequentemente terminando com a viagem no escuro na lama o viajante perna direita braço direito empurrar puxar vindo tão cabalmente de lugar nenhum e de ninguém e tão cabalmente a caminho de lá que ele nunca parou de viajar nunca vai parar de viajar arrastando seu saco onde as provisões diminuem mas não tão rápido quanto o apetite

que ciência então da comunicação atual seja tomada para trás e uma vez estudada da esquerda para a direita seu curso seja retraçado da direita para a esquerda nenhuma objeção

com a condição que por um esforço de imaginação o episódio do casal ainda no centro seja devidamente ajustado tudo isso uma vez fora sobras em mim quando a ofegação para dez segundos quinze segundos tudo isso mais baixo mais fraco menos claro mas o sentido em mim quando se abranda o fôlego estamos falando de um fôlego penhor de vida quando se abranda como um último na luz então recomeça cento e dez quinze por minuto quando se abranda dez segundos quinze segundos

é então que a ouço minha vida aqui uma vida em algum lugar que dizem ter sido minha ainda minha e ainda de reserva bocados e sobras encadeados vasta extensão de tempo um velho conto minha velha vida cada vez que Pim me deixa até Bom me encontrar ela está lá

palavras quaqua então em mim quando a ofegação para bocados e sobras um murmúrio essa velha vida mesmas velhas palavras mesmas velhas sobras milhões de vezes cada vez a primeira como era antes de Pim antes disso outra vez com Pim depois de Pim antes de Bom como é como será tudo isso palavras para tudo isso em mim eu as ouço murmuro-as

minha vida dez segundos quinze segundos é então que a tenho murmuro-a é melhor mais lógico breves movimentos da face inferior com murmúrio na lama

de uma voz antiga malfalada mal-ouvida murmurar mal algumas sobras antigas para Kram que ouve Krim que anota ou Kram só um basta Kram só testemunha e escriba suas lâmpadas a luz delas sobre mim Kram comigo curvado sobre mim até a idade-limite então seu filho o filho de seu filho assim por diante comigo quando viajo comigo com Pim comigo abandonado parte três e última comigo com Bom de geração em geração suas lâmpadas a luz delas sobre mim

seus livros onde tudo está anotado qualquer pouco que há para anotar meus feitos meu murmúrio dez segundos quinze segundos parte três e última formulação atual

minha vida uma voz fora quaqua por todos os lados palavras sobras então nada então outra vez mais palavras mais sobras as mesmas malfaladas mal-ouvidas então nada vasta extensão de tempo então em mim na abóbada branco-osso se houvesse uma luz bocados e sobras dez segundos quinze segundos mal-ouvidas mal murmuradas mal-ouvidas mal registradas minha vida inteira um balbucio truncado sextuplicado

a ofegação para eu a ouço minha vida eu a tenho murmuro-a é melhor mais lógico para Kram anotar e se somos inumeráveis então Krams inumeráveis se você quiser ou só um meu Kram só meu ele basta aqui onde a justiça reina uma vida toda a vida não duas vidas nossa justiça um Kram não um de nós há razão em mim ainda seu filho gera seu filho deixa a luz Kram volta para a luz até o fim de seus dias

ou nada de Kram isto também quando a ofegação para um ouvido em cima em algum lugar em cima e para ele o murmúrio ascendendo e se somos inumeráveis então murmúrios inumeráveis todos parecidos nossa justiça uma vida por toda a parte mal dita mal-ouvida quaqua por todos os lados então dentro quando a ofegação para dez segundos quinze segundos na pequena câmara toda branco-osso se houvesse uma luz fiapos de velhas palavras mal-ouvidas mal murmuradas aquele murmúrio aqueles murmúrios caídos na lama de nossas bocas inumeráveis e ascendendo para onde há um ouvido uma mente para entender um meio de anotar um cuidado para conosco o desejo de anotar a curiosidade de entender um ouvido para ouvir mesmo mal essas sobras de outras sobras de uma antiga algaravia

imemorial imperecível como nós o ouvido estamos falando de um ouvido em cima na luz e neste caso para nós dias de grande alegria nesta incansável escuta deste imutável zunzum o leve sinal de uma mudança algum dia nem isso mesmo de um fim com toda honra e justiça

ou para o qual como para nós cada vez a primeira e neste caso nenhum problema

ou do tipo frágil feito para os melros quando ao dia a longa noite cede enfim e à noite um pouco mais tarde o interminável dia mas nós esta vida como era como é como muito certamente será não feito para isso uma segunda vez a próxima cada barbear e neste caso nenhuma surpresa a ser esperada também

tudo isso entre outras coisas tantas outras malfadas mal ouvidas mal lembradas com o único fim de poder haver branco no branco traço de tantas e tantas palavras mal dadas mal recebidas mal restituídas à lama e de quem o ouvido nestas condições o dom de compreender o cuidado para conosco os meios de anotar que importa de quem dele encarregado dos sacos os sacos e a comida estas palavras outra vez o saco como vimos

o saco como vimos havendo ocasiões em que o saco como vimos é mais que uma simples despensa para nós sim momentos em que se necessário ele pode parecer mais que uma simples despensa para nós

aquelas palavras de outrora em seu lugar de outrora fim da parte três e última formulação atual no fim antes do silêncio da ofegação sem trégua do animal com falta de ar a boca murmurando-as para a lama e a continuação de antigamente quando a ofegação para dez palavras quinze palavras um murmúrio para a lama

e mais tarde muito mais tarde esses éons meu Deus quando ela para outra vez mais dez mais quinze em mim um murmúrio mal um sopro então da boca à lama breve beijo roçar de lábios leve beijo

a saber encadeá-los últimos raciocínios a saber esses sacos esses sacos deve-se entender tentar entender esses sacos inumeráveis conosco aqui para nossas viagens inumeráveis nessa trilha estreita um metro um e meio todos aqui em posição já como nós todos aqui em posição no inconcebível início dessa caravana não impossível

impossível que a cada viagem devêssemos ter tido de escalar uma montanha de sacos e devêssemos ainda ter e devêssemos para sempre ter cada um de nós a cada viagem a fim de atingir sua vítima de escalar uma montanha de sacos nosso progresso como vimos embora reconhecidamente laborioso todavia o terreno o terreno tente entender sem acidentes sem asperezas nossa justiça últimos raciocínios últimas cifras o número 777 777 deixa o número 777 776 a caminho sem saber do número 777 778 encontra o saco sem o qual ele não iria longe se apropria dele e continua seu caminho o mesmo a ser tomado pelo número 777 776 por sua vez e depois dele pelo 777 775 e assim para trás até o inimaginável número 1 cada um tão logo a caminho encontra o saco indispensável para a sua viagem e que não será deposto até um pouco antes da chegada como vimos

donde se todos os sacos em posição como nós no começo essa hipótese um tal acervo de sacos na trilha nem isso concentrados num cantinho pois cada um encontra o seu como vimos seu saco estamos falando de nossos sacos tão logo seu torturador deixado como ele deve ser se for mesmo para ele alcançar sua vítima como vimos se sua vítima for mesmo para ser alcançada

um tal acervo de sacos bem no princípio que todo progresso impossível e tão logo conferido à caravana o impensável primeiro impulso presa para sempre e congelada em injustiça

então da esquerda para a direita ou oeste para leste o atroz espetáculo adentrando a negra noite da futuridade sem limites do torturador abandonado que nunca será vítima então um pequeno espaço então sua breve viagem concluída prostrada ao pé de uma montanha de provisões a vítima que nunca será torturador então um grande espaço então outro abandonado assim por diante infinitamente pois claro como o dia que semelhantemente obstruídas sem exceção toda e cada seção da trilha ou segmento entre casais consecutivos abandonos consecutivos segundo se considera a trilha estamos falando da trilha suas seções ou segmentos antes das partidas ou durante as viagens a ofegação para e claro como o dia que semelhantemente obstruídas sem exceção toda e cada seção ou segmento e pelas mesmas razões nossa justiça

assim necessidade pela bilionésima vez parte três e última formulação atual no final antes do silêncio da ofegação sem trégua se é para sermos possíveis nossos acasalamentos viagens e abandonos necessidade de alguém não um de nós uma inteligência em algum lugar um amor que em toda a extensão da trilha nos lugares certos de acordo com nossa necessidade deles depositasse nossos sacos

dez metros quinze metros a leste dos casais dos abandonados segundo sejam depositados antes das partidas ou durante as viagens aqueles são os lugares certos

e a quem dado nosso número nada irracional atribuir poderes excepcionais ou ainda às suas ordens inumeráveis ajudantes e a quem em prol do princípio da parcimônia nada excessiva às vezes dez segundos quinze segundos atribuir o ouvido que Kram eliminado nosso murmúrio exige do contrário flor do deserto e aquele mínimo de inteligência sem o qual ele seria um ouvido como o nosso e aquele estranho cuidado conosco que não se encontra entre nós e o desejo e a habilidade de anotar que não temos

acúmulo de funções mais compreensível se fizermos o favor de considerar que ouvir e anotar um de nossos murmúrios é ouvir e anotar todos eles

e súbita luz nos sacos em que momento renovados em algum momento na vida dos casais pois é enquanto a vítima viaja como vimos e de fato vemos que o torturador abandonado murmura ou então soar o dobre enquanto segue o cortejo é possível também eis uma pobre luz

e a quem por vezes nada extravagante imputar aquela voz quaqua a voz de nós todos da qual agora quando a ofegação para dez segundos quinze segundos definitivamente as últimas sobras a receber nos chegam e em que estado

lá está ele então afinal aquele não um de nós lá estamos nós então afinal que escuta a si mesmo e que quando ele empresta seu ouvido ao nosso murmúrio não faz mais que emprestá-lo a uma história de seu próprio cunho mal inspirada mal dita e tão antiga tão esquecida a cada relato que a nossa pode parecer fiel que murmuramos para a lama para ele

e esta vida no escuro e na lama suas alegrias e tristezas viagens intimidades e abandonos como com uma única voz perpetuamente quebrada ora uma metade de nós e ora a outra nós a exalamos praticamente em tudo a mesma que ele cunhara e da qual incansavelmente a cada vinte ou quarenta anos de acordo com algumas de nossas cifras ele relembra aos nossos abandonados os traços essenciais

e essa voz anônima autointitulada quaqua a voz de nós todos que estava fora por todos os lados então em nós quando a ofegação para bocados e sobras quase inaudível certamente distorcida lá está ela afinal a voz dele que antes de nos ouvir murmurar o que somos nos diz o que somos o melhor que ele pode

dele a quem somos ainda mais devedores por nossas infalíveis rações que nos permitem avançar sem pausa ou descanso

dele que Deus sabe quem poderia acusá-lo deve às vezes se perguntar se a esses perpétuos reabastecimentos narrações e audições ele não poderia pôr um fim sem parar de nos conservar em alguma forma de ser sem fim e alguma forma de justiça sem falha quem poderia acusá-lo

e se finalmente ele não poderia com proveito nos revisar por meio por exemplo de um pronunciamento no sentido de que essa diversidade não fosse nosso quinhão nem essas refrescantes transições de viajantes solitários a torturadores de nossos companheiros imediatos e de torturadores abandonados a suas vítimas

nem todo esse ar negro que circula através de nossas fileiras e venera como numa tebaida nossos casais e nossas solidões tanto a da viagem quanto a do abandono mas que na realidade estamos todos desde o impensável primeiro até o não menos impensável último colados juntos numa vasta imbricação de carne sem brecha ou fissura

pois como vimos parte dois como era com Pim o estabelecimento do contato entre boca e ouvido leva a uma ligeira sobreposição de carne na região dos ombros

e que unidos assim corporalmente cada um de nós é ao mesmo tempo Bom e Pim torturador e torturado fátuo e asno cortejador e cortejado mudo e reafligido pela fala no escuro na lama nada a retificar aí

aí está ele então outra vez últimas cifras o inevitável número 777 777 no instante em que enterra o abridor na bunda do número 777 778 e é recompensado por um leve grito cortado logo como vimos pela porrada no crânio que ao ser estimulado no mesmo instante e do mesmo modo pelo número 777 776 solta seu próprio gemido particular ao qual a mesma sina

algo errado aí

e que no instante em que unhado no sovaco pelo número 777 776 ele canta aplica o mesmo tratamento ao número 777 778 não sem o mesmo sucesso assim por diante e similarmente ao longo da cadeia em ambas as direções para todas as nossas outras alegrias e tristezas tudo que arrancamos e aguentamos um do outro de um ao outro inconcebível fim dessa incomensurável chafurda

formulação a ser ajustada seguramente à luz de nossos limites e possibilidades mas que sempre apresentará a vantagem de ao eliminar todas as viagens todos os abandonos eliminar de um único golpe todo ensejo de sacos e vozes quaqua então em nós quando a ofegação para

e a procissão que parecia dever ser eterna nossa justiça a vantagem de pará-la sem prejuízo para um só de nós pois tentar pará-la sem primeiro fechar nossas fileiras e de duas uma

ela para na época de nossos casais e neste caso uma metade de nós torturadores perpetuamente vítimas perpetuamente a outra

ela para na época de nossas viagens e neste caso solidão garantida para todos seguramente mas não na justiça pois o viajante a quem a vida deve uma vítima nunca terá outra e nunca outro torturador o abandonado a quem a vida deve um

e outras iniquidades deixá-las obscuras ofegação mais selvagem uma basta últimas sobras últimas mesmo quando a ofegação para tentar agarrá-los últimos murmúrios os últimos mesmo a saber primeiro acabar com este não um de nós

seu sonho de pôr um fim a nossas viagens abandonos necessidade de sustento e murmúrios

às extenuantes provisões de toda natureza que recaem sobre ele por consequência

sem ser reduzido por isso a nos afundar a todos até o inimaginável último de um só golpe nesta lama negra e nada em sua superfície jamais irá conspurcá-la

na justiça e a salvaguarda de nossas atividades essenciais

esta nova formulação a saber esta nova vida acabar com isto

súbita pergunta se apesar dessa aglomeração de todos os nossos corpos ainda não somos o objeto de uma lenta translação do oeste para o leste é uma tentação

se gentilmente será considerado que enquanto é do nosso interesse como torturadores permanecer onde estamos como vítimas nosso anseio é ir adiante

e que dessas duas aspirações guerreando em cada coração seria normal que a segunda triunfasse nem que fosse por pouco pois como vimos nos dias esta palavra outra vez das viagens e abandonos a coisa mais notável quando se pensa nisso só as vítimas viajavam

os torturadores como se tomados de estupor ao invés de perseguir perna direita braço direito empurrar puxar dez metros quinze metros jazem onde abandonados punição talvez por seus recentes esforços mas efeito também de nossa justiça

embora em que esta diminuída por um quebra-pau geral não se vê

envolvendo para cada um e todos a mesma obrigação exatamente aquela de fugir sem medo enquanto se busca sem esperança

e se ainda é possível nesta hora tardia conceber outros mundos

tão justos quanto o nosso mas menos primorosamente organizados

um talvez exista um talvez em algum lugar misericordioso o bastante para abrigar tais folguedos onde ninguém jamais abandona ninguém e ninguém jamais espera por ninguém e nunca dois corpos se tocam

e se pode parecer estranho que sem comida para nos manter possamos nos arrastar assim pela mera graça de nossa rede unida de sofrimentos do oeste ao leste em direção a uma paz inexistente somos gentilmente convidados a considerar que para os nossos semelhantes e não importa como somos recontados há mais nutrição num grito nem isso num suspiro arrancado daquele cujo único bem é o silêncio ou na fala extorquida de quem afinal libertado do seu uso do que sardinhas jamais possam oferecer

acabar então afinal com tudo isso últimas sobras últimas mesmo quando a ofegação para e esta voz acabar com esta voz a saber esta vida

este não um de nós repisando repisando louco também de cansaço acabar com ele

será que ele não tem encarando-o bem de frente cito sempre uma solução de longe mais simples e de longe mais radical

uma formulação que o eliminaria completamente e assim o acolheria naquela paz pelo menos enquanto me tornaria no mesmo fôlego único responsável por este murmúrio inqualificável do qual consequentemente aqui as últimas sobras afinal últimas mesmo

na forma familiar de perguntas que me dizem para me perguntar e de respostas que me dizem para me dar tão improvável quanto possa parecer últimas sobras últimas mesmo quando a ofegação para últimos murmúrios últimos mesmo tão improvável quanto possa parecer

se tudo isso tudo isso sim se tudo isso não é como dizer nenhuma resposta se tudo isso não é falso sim todos esses cálculos sim explicações sim toda a história do começo ao fim sim completamente falsa sim

isto não é como era não de jeito nenhum não como então nenhuma resposta como era então nenhuma resposta COMO ERA gritos bom

havia algo sim mas nada de tudo aquilo não tudo balela do início ao fim sim essa voz quaqua sim tudo balela sim só uma voz aqui sim a minha sim quando a ofegação para sim

quando a ofegação para sim então isso era verdade sim a ofegação sim o murmúrio sim no escuro sim na lama sim para a lama sim

difícil de acreditar também sim que tenho uma voz sim em mim sim quando a ofegação para sim não em outros momentos não e que murmuro sim eu sim no escuro sim na lama sim para nada sim eu sim mas é preciso acreditar sim

e a lama sim o escuro sim a lama e o escuro são verdadeiros sim nada a lamentar aí não

mas todo esse negócio de vozes sim quaqua sim de outros mundos sim de alguém em outro mundo sim cujo tipo de sonho eu sou sim dizem que sou sim que ele sonha o tempo todo sim conta o tempo todo sim seu único sonho sim sua única história sim todo esse negócio de sacos depositados sim no fim de um cordão sem dúvida sim de um ouvido me ouvindo sim um cuidado comigo sim uma habilidade em anotar sim tudo isso tudo balela sim Krim e Kram sim tudo balela sim

e todo esse negócio de em cima sim luz sim céus sim um pouco de azul sim um pouco de branco sim a terra girando sim claro e menos claro sim pequenas cenas sim tudo balela sim as mulheres sim o cachorro sim as preces sim os lares sim tudo balela sim

e esse negócio de uma procissão nenhuma resposta esse negócio de uma procissão sim nunca nenhuma procissão não nem nenhuma viagem não nunca nenhum Pim não nem nenhum Bom não nunca ninguém não só eu nenhuma resposta só eu sim então isso era verdade sim era verdade sobre mim sim e qual é meu nome nenhuma resposta QUAL É MEU NOME gritos bom

só eu em todo caso sim sozinho sim na lama sim no escuro sim isto se sustenta sim a lama e o escuro se sustentam sim nada a lamentar aí não com meu saco não queira desculpar não nenhum saco também não nem mesmo um saco comigo não

só eu sim sozinho sim com minha voz sim meu murmúrio sim quando a ofegação para sim tudo isso resiste sim a ofegação sim cada vez pior nenhuma resposta CADA VEZ PIOR sim achatado de barriga sim na lama sim no escuro sim nada a retificar aí não os braços abertos sim como uma cruz nenhuma resposta COMO UMA CRUZ nenhuma resposta SIM OU NÃO sim nunca rastejado não a furta-passo não perna direita braço direito empurrar puxar dez metros quinze metros não nunca mexido não nunca feito sofrer não nunca sofrido nenhuma resposta NUNCA SOFRIDO não nunca abandonado não nunca fui abandonado não então esta é a vida aqui nenhuma resposta ESTA É MINHA VIDA AQUI gritos bom

sozinho na lama sim no escuro sim certo sim ofegando sim alguém me ouve não ninguém me ouve não murmurando às vezes sim quando a ofegação para sim não em outros momentos não na lama sim para a lama sim minha voz sim a minha sim não a de outro não a minha sozinha sim certo sim quando a ofegação para sim a intervalos sim algumas palavras sim algumas sobras sim que ninguém ouve não mas cada vez menos nenhuma resposta CADA VEZ MENOS sim

então as coisas podem mudar nenhuma resposta terminar nenhuma resposta posso me engasgar nenhuma resposta afundar nenhuma resposta não mais conspurcar a lama nenhuma resposta o escuro nenhuma resposta não mais perturbar a paz nenhuma resposta o silêncio nenhuma resposta morrer nenhuma resposta MORRER gritos EU POSSO MORRER gritos EU VOU MORRER gritos bom

bom bom fim afinal da parte três e última eis como era fim da citação depois de Pim como é

POSFÁCIO

COMO É:
LIMITES E DESENVOLVIMENTOS
DA PROSA DE FICÇÃO

Ana Helena Souza

Samuel Beckett se definia como um escritor que trabalhava com a falha, a subtração, a precariedade. Colocava-se no polo oposto ao de James Joyce que alcançara, segundo expressão do próprio Beckett, a "apoteose da palavra". Por outro lado, era consciente de que o seu *work in regress* (referia-se assim a *Como é*) tendia a se encontrar em algum ponto com o modo de composição joyceano do *work in progress*, que incluía constantes acréscimos às provas do texto.[1] Esta tendência à adição só surge em Beckett como a proliferação de algo mínimo e a partir de situações aparentemente sem saída. É o que se vê na última parte deste livro, quando o narrador, abandonado por Pim e já se admitindo no fim de suas forças criativas (*"tudo isso quase branco nada a sair disso quase nada nada a introduzir eis o mais triste a imaginação em declínio tendo atingido o fundo"*, p. 116), inventa uma multidão de seres iguais a ele, engendrando uma procissão infinita de repetição e ignorância.

---

1) Apud Steven Connor, *Samuel Beckett: repetition, theory and text* (London: Basil Blackwell, 1988), p. 11.

Escrito em francês em 1961, *Como é* pertence à linha inaugurada pela chamada trilogia — *Molloy, Malone Morre* e *O Inominável* — e radicaliza todos os procedimentos nela encontrados, apontando o caminho para as mudanças que surgiriam na prosa posterior. Último romance mais extenso, recorre ainda ao tema da viagem e a um narrador-protagonista como os três romances anteriores. Mas traz elementos do teatro, modo de expressão beckettiano predominante nos anos 50, sobretudo o ritmo peculiar, formado em grande parte de dois ou três acentos por unidade melódica ou grupo fônico. Essas unidades consistem em um ou vários grupos acentuais — segmentos de frase que se apoiam em um acento tônico principal — compreendidos entre duas pausas, sejam elas lógicas, expressivas ou respiratórias. A recorrência do padrão rítmico é decisiva para o leitor fazer os agrupamentos frasais significativos e guiar-se através de um texto que prescinde de pontuação e maiúsculas. Em *Como é*, os acentos funcionam como pontos de luz na escuridão.

A inovação, entretanto, não reside apenas no formato do texto, nem nas indeterminações de sentido que enuncia. Neste livro, Beckett leva a extremos a desestabilização dos elementos estruturais do romance. Da dificuldade do narrador em manter um tratamento temporal uniforme até a anulação da identidade dos personagens, passando por dúvidas reiteradas sobre a quem imputar a narrativa, a obra desvenda os problemas inerentes àqueles mecanismos que a tradição ficcional oculta.

As incertezas narrativas e o humor

Ironicamente o livro tem uma divisão muito clara: três partes com cerca de 50 páginas cada, divididas em blocos de texto entre os quais os espaços em branco têm o seu sentido, semelhante ao dos silêncios nas peças beckettianas. Nesses intervalos, enquanto a voz *quaqua* ecoa nos ouvidos do narrador, há tempo para que este e o leitor recobrem fôlego.

O que ainda pode ser chamado de enredo se divide claramente em início, meio e fim. A primeira parte, na qual se descreve a viagem do narrador em direção a Pim; a segunda parte, em que se conta o encontro e o relacionamento do narrador com Pim até que este o abandone; e a terceira parte, mostrando o narrador, abandonado, já capaz de emitir sons e contar o que lhe acontecera até chegar ao seu "como é", sua posição atual. Esta sequência existe apenas como esquema que o narrador se propõe a seguir, mas, ao tentar cumprir o que prometera, embaralha as três partes e adiciona personagens, perdendo o controle narrativo.

Acrescente-se a isso a voz *quaqua*, que não se sabe se é uma instância narrativa independente ou a mera exteriorização da voz que narra: "*esta voz estas vozes como saber não significam um coro não não só uma mas quaqua significa por todos os lados megafones é possível técnica algo errado aí*" (p. 119). De uma forma ou de outra, através desta voz, questiona-se a todo o momento a autoridade do narrador. Este não é sequer inominável. Qualquer nome lhe serve, uma vez que nenhum pode dar conta de sua identidade. Até mesmo a posição que o narrador ocupa só se revelará na terceira parte, quando tudo que foi contado também se esclarece como algo que ele inventou para suportar a solidão. É a partir desta base que as incertezas de quem narra se justificam, uma vez que ele vai revendo sua própria construção narrativa, quer em relação às situações narradas, quer em relação à sua autoridade sobre elas e sobre a própria narração.

Mas as dificuldades de composição permanecem, pois as leis do mundo concebido pela ficção não se sustentam, como se vê no episódio da distribuição dos sacos. A coerência pretendida só pode então se estabelecer por meio de um ser superior: *"necessidade de alguém não um de nós uma inteligência em algum lugar um amor que em toda a extensão da trilha nos lugares certos de acordo com nossa necessidade deles depositasse nossos sacos"* (p. 154). Insatisfeito com esta "formulação", o narrador se vê forçado a descartar a alternativa divina: *"este não um de nós repisando repisando louco também de cansaço acabar com ele"* (p. 161).

Beckett lida aqui com a representação de seres lançados numa situação tão extrema que suas características humanas não passam de lembranças, imagens da *"vida em cima na luz"*. Tanto isto é válido para a suspensão das leis biológicas — não se morre de fome ou de sede em *Como é* — quanto para a impiedosa desidealização dos relacionamentos e consequente inabilidade em estabelecê-los. Não se consegue acesso ao outro, nem no apelo à tortura; não se consegue, ao menos, acesso a uma voz própria. O texto só pode, então, compor-se de *"bocados e sobras"*, na incerteza quanto à sua matéria e redação.

Portanto, à agonia transmitida pela situação narrada corresponde a da narração; seu progresso deixa cada vez mais evidente a dificuldade no tratamento do tempo e da ordenação dos eventos. Ao invés de utilizar o procedimento comum à ficção de usar o passado para narrar aquilo que já aconteceu, o narrador de *Como é* emprega os verbos no presente. Entretanto, interrompe-se, com frequência, para reiterar que esses acontecimentos narrados pertencem a um passado distante. A continuidade deste procedimento gera, por um lado, uma certa perturbação para o leitor, que passa a confundir a ordem temporal. Por outro, a constante repetição de atos relatados no presente vai criando um efeito de circularidade narrativa. Deste modo, fica estabelecida uma tensão entre a linearidade pretendida do relato e a pretendida circularidade do mundo representado.

A instabilidade que Beckett introduz neste romance manifesta uma crítica à busca de controle e poder por parte do escritor, através de aspectos como a coesão e a coerência. Esse modelo ficcional implica obediência a regras que se revelam tão absurdas e arbitrárias quanto as estabelecidas pelo narrador de *Como é*, na criação de seu mundo. Ao desmanchar sua construção e negar a veracidade de tudo que constituía sua narrativa, o narrador põe à prova e desautoriza todo um modelo narrativo tradicional. Lançando mão do recurso a perguntas e respostas, passa a descartar os elementos que compunham sua história, numa referência ao monólogo de Molly Bloom no final do *Ulisses*. Mas, aqui, a pletora de afirmativas serve à negação ou, quando menos, instaura uma indeterminação fundamental. Ao anunciar o fim da citação na terceira parte (*"bom bom fim afinal da parte três e última eis como era fim da citação depois de Pim como é"*, p. 164), o narrador indica duas direções: tanto a que se pode ler como "aqui termina a citação" quanto a que se pode ler "aqui se destrói a ideia de citação, é o seu fim". Resta-lhe, em ambos os casos, apenas seu estado inicial de solidão, no escuro e na lama.

De modo mais específico, o estudioso de Beckett, H. Porter Abbott, destaca, dentro do modelo narrativo tradicional, a crítica em *Como é* a uma tradição épica derivada da Bíblia, tendo como textos fundamentais a *Divina Comédia* de Dante e o *Paraíso Perdido* de Milton[2]. Este argumento baseia-se no consenso entre os críticos sobre uma série de referências aos dois livros. No caso

---

2) H. Porter Abbott. *Beckett Writing Beckett* (Ithaca & London: Cornell University Press, 1996), pp. 95-108.

de Dante, figuram em *Como é* desde a criação de um lugar onde o tormento é infinito e a alusão ao Canto VII, no qual as almas dos condenados pela ira se debatem na lama que os impede de falar ou cantar, até as repetidas variações da inscrição que se encontra à entrada do inferno dantesco, como por exemplo: *"esperança gorada"*, *"abandonar a esperança"*, *"esperança partida"*. Quanto ao *Paraíso Perdido* de Milton, as referências estão todas ligadas ao tema da queda, desde a alusão do narrador a uma vida *"em cima na luz antes da queda"* até menções a quedas de outros (de um pai, de uma esposa). Tais referências a Dante e Milton são lidas como parte de uma crítica aos elementos estruturais de organização do mundo épico religioso, herdados até por narrativas que dele se afastam. Estas histórias pretendem dar ao leitor uma justificativa para o "como é", o estado de coisas no qual o narrador se encontra, através da narração de "como tudo começou", de modo a legitimar a justiça divina. Em *Como é*, mesmo a desejada "justiça" narrativa, mostra-se inatingível.

Ainda com relação à instabilidade dos elementos ficcionais, vale a pena referir o humor como recurso que sobressai, na última parte do livro. Todo o rebaixamento a que o narrador é submetido, além de contribuir para a desconfiança quanto à sua competência, acentua o caráter cômico de seu esforço, revelando as proporções mesquinhas de seu relato. Assim, depois de uma invocação a um ser superior, cujo epíteto vem a ser o de *"encarregado dos sacos"*, o narrador conclui com a descrição da graça a ser obtida pelos seres que se arrastam na lama: *"até se perguntar dias de grande alegria se não terminaremos um atrás do outro ou de dois em dois por sermos cagados no ar livre na luz do dia no regime da graça"* (p. 139).

Talvez a maestria na construção das imagens da primeira parte tenha levado alguns críticos a ressaltar e preferir a elaboração poética desse trecho. Talvez a relação de tortura e a força das imagens beckettianas, na segunda parte, tenham atenuado a percepção do humor. Mas, sua presença é inegável, em especial na terceira parte, quando o narrador tenta desesperadamente resolver os problemas por ele mesmo criados para o preenchimento daquele lugar "quase branco", atrapalhando-se com números e permutações.

De qualquer forma, o humor de Samuel Beckett — com alta dose de escatologia e sarcasmo — nunca esconde as facetas terríveis que sua escrita revela. Para além da incerteza quanto aos elementos constitutivos da ficção, o que se narra é a vivência de um mundo em que todas as relações só se mantêm com base na tortura; não existe outra opção. Quando Pim surge, resta apenas a nostalgia do narrador por uma condição irremediavelmente perdida: *"dizendo a mim mesmo eu o digo como ouço que com alguém para me fazer companhia eu teria sido um homem diferente mais universal"* (p. 78). Como em outros famosos pares beckettianos — Pozzo e Lucky de *Esperando Godot*, Hamm e Clov de *Fim de Partida* —, o vínculo entre o narrador e Pim é o do torturador com sua vítima, posições que se invertem e espelham as demais relações, inclusive a suposta relação entre o narrador e a voz *quaqua*. Esta voz que comanda e confunde é exteriorizada ao longo do livro porque sua interiorização, vê-se no final, traz o ônus do silêncio e o reconhecimento do fracasso. A promessa de alívio em Beckett é sempre uma dúvida.

Há nesse texto uma elaboração sintática e uma destreza lexical que o impedem de sucumbir às ambiguidades inevitáveis, suscitadas pela falta de pontuação e pelas incertezas do narrador. Este rigor formal inusitado, porque dotado da aparência de incapacidade, convive com o desnudamento de truques narrativos. Obra que se comenta enquanto se constrói, *Como é* amplia as possibilidades da prosa de ficção.

COMO É: LIMITES E DESENVOLVIMENTOS DAS TRADUÇÕES

A peculiaridade desta tradução é ter sido feita com base numa tradução do próprio autor:[3] *Como é* foi escrito em francês entre 1958 e 1960, tendo sido publicado em 1961. Para traduzi-lo, Beckett passou por oito versões, ao longo de mais de dois anos. *How It Is* foi publicado em 1964. Vale a pena recorrer a uma nota biográfica para dar uma ideia da trajetória de Samuel Beckett como escritor entre duas línguas: o inglês e o francês.

Formado em francês e italiano pelo Trinity College em Dublin, Beckett conseguiu a posição de leitor de inglês em Paris nos anos 20. Depois de um breve retorno à Irlanda e de uma tentativa, logo abandonada, de carreira acadêmica, Beckett viaja pela Europa, mora na Alemanha e na Inglaterra para, no final dos anos 30, fixar-se em Paris. Nessa época, torna-se amigo e secretário de James Joyce. Em 1938 é publicado seu primeiro romance, *Murphy*. Logo, Beckett inicia sua tradução para o francês em colaboração com Alfred Péron. Em 1942, a célula da resistência para a qual ambos trabalhavam é descoberta, Péron preso pela Gestapo e Beckett foge de Paris para o campo. Depois da guerra, volta a Paris com o romance *Watt*, terminado. É então que começa a escrever em francês e compõe, durante um período bastante criativo, que foi de 1945 a 1950, as *Nouvelles* (*Premier Amour*, *L'Expulsé*, *Le Calmant* e *La Fin*), *Mercier et Camier*, a trilogia (*Molloy*, *Malone meurt*, *L'Innommable*), a peça *Esperando Godot* — uma peça anterior publicada postumamente, *Éleuthéria* — e os *Textes pour rien*.

---

3) Esta tradução faz parte da tese de doutorado, que inclui também um longo ensaio sobre *Como é*, além de notas e comentários detalhados. [Ana Helena Barbosa Bezerra de Souza. *Do original às traduções:* abordagem da obra de Samuel Beckett através de *Como é*. Tese (Doutorado em Teoria Literária e Literatura Comparada) — Faculdade de Filosofia, Letras e Ciências Humanas, São Paulo, 2000].

A mudança de idioma de composição literária causou perplexidade e gerou uma série de indagações às quais Beckett muitas vezes respondeu. Numa delas, o escritor tenta esclarecer definitivamente este ponto crucial de sua atividade, comentado e interpretado de diversas maneiras por estudiosos de sua obra:

> "Quando da desocupação [de Paris], eu consegui manter meu apartamento, voltei para ele e comecei a escrever novamente — em francês — com um desejo de me empobrecer ainda mais (m'appauvrir encore davantage). Este foi o verdadeiro motivo."[4]

Como outras declarações do escritor, também esta remete a questões diversas da que foi colocada em primeiro lugar. A menção ao empobrecimento é recorrente em Beckett. É necessário inseri-la no contexto de um profundo conhecedor da exuberância da literatura de língua inglesa, bem como de um escritor para o qual a influência de James Joyce, cuja maestria nos mais diversos estilos e em suas paródias, o domínio de diversas linguagens e línguas, o tratamento variado de uma gama de situações vividas pelos personagens, a multiplicidade de referências literárias e históricas, o emprego de palavras-valise, trocadilhos, jogos fonéticos, alfabéticos e morfológicos, constituíam um problema para seu desenvolvimento.

Com a mudança para outra língua, os hábitos adquiridos, a suposta facilidade e familiaridade com a qual o escritor se serve de sua língua materna são substituídos por uma restrição, uma autoconsciência de que houve uma diminuição, uma limitação de seus recursos linguísticos. Esta redução pode ser notada tanto em termos de extensão de vocabulário quanto de grau de liberdade no manuseio da sintaxe. As restrições linguísticas foram para Beckett a maneira de se libertar das

---

4) Apud Michael Edwards, "Beckett's French", em *Translation and Literature* (Edinburgh: Edinburgh University Press, 1992), v. 1, p. 77.

influências, muito mais cerceadoras, da amplitude de recursos que sua língua materna lhe oferecia e que Joyce explorara ao máximo. Foram ainda o meio de dar forma às vivências de precariedade, impotência, ignorância e perda experimentadas nos anos da guerra. O contato criativo com o inglês ficou a cargo das traduções que começou a fazer em colaboração e, depois, assumiu sozinho. Tradutor de si mesmo, Beckett vai incorporar de tal modo a transposição de seus textos de uma língua para outra que, por fim, não se pode destrinçar muito bem qual a língua do "original".

A história de *Como é*, nesse vaivém entre o francês e o inglês, deixa entrever um pouco do trabalho de composição-tradução de seu autor. Escrito em francês, o primeiro manuscrito do que se chamava então Pim está datado de 17 de dezembro de 1958. Assim, o livro que viria a ser *Comment c'est* (1961) foi iniciado aproximadamente seis meses depois de terminada a tradução de *O Inominável* para o inglês. Um fragmento deste novo livro em elaboração, que depois seria modificado, foi publicado com o título de *L'Image* no periódico *X* em dezembro de 1959, e outro fragmento — este em inglês, intitulado *From an Unabandoned Work* — foi publicado na *Evergreen Review*, no número de setembro-outubro de 1960. Note-se que esse fragmento em inglês não é a tradução de *L'Image*, mas o que viria a ser o início de *How It Is*, e que ainda sofreria modificações. Será que o autor escrevia e se traduzia praticamente ao mesmo tempo? George Steiner chega a sugerir que mesmo o "original" francês já fosse, pelo menos em parte, uma tradução[5]. De qualquer forma, *How It Is* surge quando o procedimento beckettiano de autotradução já está plenamente integrado à composição de sua obra. A autotradução beckettiana promove um deslocamento

---

5) *Extraterritorial: a literatura e a revolução da linguagem* (Júlio Castañon Guimarães (trad.), São Paulo: Companhia das Letras, 1990), p. 27.

do status do original, já que este passa a ser visto pela crítica como equivalente à tradução, aspecto acentuado até mesmo pelas diferenças entre os dois textos.

Para recriar *How It Is* em português, levamos em conta, a princípio, as ambiguidades criadas pela opção do escritor em abolir a pontuação e as maiúsculas. A partir daí, tivemos sempre em mente um cotejo com o texto francês no sentido de promover um esclarecimento mútuo, através da comparação entre *Comment c'est* e *How It Is*, para não perder de vista o caráter bilíngue da obra beckettiana. Assim, adotamos, de modo restrito e pontual, soluções baseadas no texto francês, considerando a maior proximidade entre as línguas francesa e portuguesa e buscando incorporar a própria prática de Beckett de mover-se entre o francês e o inglês. Além disso, demos especial atenção à maneira como a escolha das palavras conduz o leitor a encontrar o agrupamento frasal pertinente.

Um exemplo é a expressão "no knowing", várias vezes repetida. Usamos na tradução a equivalente francesa "comment savoir", resultando em "como saber", com o intuito de preservar o teor interrogativo e negativo da expressão, bem como sua unidade. Compare-se os seguintes trechos:

Comment c'est:
"cette vie donc / qu'il aurait eue / inventée / remémorée / un peu de chaque / comment savoir / cette chose là-haut / il me la donnait / je la faisais mienne / ce qui me chantait / les ciels surtout (...)"

How It Is:
"that life then / said to have been his / invented / remembered / a little of each / no knowing / that thing above / he gave it to me / I made it mine / what I fancied / skies especially (...)"

Como é:
"aquela vida então / que dizem ter sido sua / inventada / relembrada / um pouco de cada / como saber / aquela coisa em cima / ele

me deu / eu a tornei minha / o que me agradava / céus sobretudo (...)" (p. 84)

Ao seguirmos o francês, optamos por uma solução segura, que pudesse evitar problemas quanto ao estabelecimento dessas unidades frasais; esta foi nossa escolha coerente, não só para essa passagem como para outras em que a mesma expressão aparece. As soluções baseadas no francês, entretanto, constituem exceção justificada.

Em toda a tradução, procurou-se manter a importância e a frequência das aliterações e assonâncias, quando elas ocorrem em inglês, como em *"every rat has its heyday"*, traduzido por "todo rato tem seu dia de rei"; ou *"cut thrust"* por "cortar estocar". Ou, pelo contrário, evitar a ocorrência de aliterações e rimas, onde elas não aparecem; como no caso de "on condition that by an effort of the imagination the still *central episode of the couple* be duly adjusted", traduzido por "com a condição que por um esforço de imaginação *o episódio do casal ainda no centro* seja devidamente ajustado" (p. 148), para evitar a construção *"o episódio central do casal"*. Também foi respeitado, tanto quanto possível, o padrão de dois ou três acentos por agrupamento frasal.

Esperamos que algo da concentração e da exigente prosa inglesa de Samuel Beckett possa se fazer ouvir nesta tradução.

NOTAS

p. 30 — **Belacqua** é o personagem que Dante e Virgílio encontram, aguardando para entrar no Purgatório, sentado, com as pernas encolhidas, abraçando os joelhos, de cabeça baixa. Ele deve esperar ali que transcorra o prazo equivalente ao de sua vida na terra, antes de ser admitido; esta é a punição para os indolentes, negligentes e omissos, arrependidos só na hora extrema. O narrador de *Como é* se descreve em posição semelhante, com a diferença de estar deitado; um Belacqua caído de lado, lembrando também a posição fetal. Beckett sempre se interessou muito por este personagem da *Divina Comédia*, cujo nome deu ao protagonista de seu primeiro livro, *More Pricks than Kicks*.

p. 37 — **Malebranche**, Nicolas (1638-1715), filósofo francês. Beckett introduz nesse trecho uma referência irônica à sua doutrina, que pretendia complementar a doutrina dualista de mente e matéria de Descartes, de modo compatível com a teologia católica sob influências agostinianas e neoplatônicas. Malebranche argumentava que todas as mudanças, sejam elas dos corpos (movimentos ou alterações) ou das mentes (a sucessão de pensamentos e vontades), são diretamente devidas a Deus. Este filósofo também escreveu um tratado sobre a luz e as cores, daí a referência ao matiz rosa.

p. 46 — **Talia**: a Musa da comédia; como uma das Graças, presidia à vegetação.

p. 51 — **Haeckel**, Ernst Heinrich (1834-1919), naturalista alemão, nascido em Potsdam, é conhecido pela sua adoção pioneira da doutrina da evolução e pela construção de árvores genealógicas de organismos vivos. **Klopstock**, Friedrich Gottlieb (1724-1803), poeta alemão, cujo épico *Der Messias* deu um novo impulso à poesia alemã. **Altona**: atual subúrbio de Hamburgo, foi uma cidade independente até 1938.
Nova Zembla: arquipélago nas costas árticas da Rússia, entre os mares de Barents e Kara.
tohu-bohu: estado da terra no caos primitivo; desordem, tumulto.

p. 54 — **Ballast Office**: prédio que abrigava a *Corporation for Improving the Port of Dublin*, famoso pela precisão de seu relógio, conectado a um poste no parapeito do prédio, do qual descia uma esfera de cobre todos os dias exatamente às 13 horas. É interessante notar ainda que há muitas referências em James Joyce — no *Stephen Hero*, em *Dubliners*, em *Ulysses* — ao relógio do Ballast Office.

p. 63 — **bo**: nome dado pelos budistas da Índia e do Ceilão à árvore pipal ou figueira sagrada. Supõe-se, tradicionalmente, que Buda atingiu a iluminação sob uma dessas árvores.

p. 91 — **macfarlane**: "casaco pesado com pelerine e aberturas laterais" (*Webster's Third New International Dictionary of the English Language Unabridged*. Chicago, G. & C. Merriam Co., 1976, v. II p. 1353).

p. 98 — **cachorro espinhal**: em inglês, lê-se "*spinal dog*". O adjetivo espinhal é empregado aqui para caracterizar o animal que sofreu uma operação na qual a medula espinhal foi isolada do cérebro. Esta conduta é usada em animais para fins de pesquisas experimentais, sobretudo na área de fisiologia.

p. 101 e 103 — **cruz de Santo André**: também chamada *crux decussata*, por ter a forma do numeral romano X (*decussis*).

CRONOLOGIA

TRABALHOS MAIS IMPORTANTES DE SAMUEL BECKETT*

DATA APROXIMADA DE COMPOSIÇÃO	TÍTULO, DATA DA PRIMEIRA PUBLICAÇÃO	VERSÃO INGLESA/FRANCESA DO PRÓPRIO BECKETT, DATA DA PRIMEIRA EDIÇÃO
1929	*Assumption*, 1929 *Dante... Bruno. Vico... Joyce*, 1929	
1930	*Whoroscope*, 1930	
1930-35	*Echo's Bones and Other Precipitates*, 1935	
1931	*Proust*, 1931	
1932	*Dream of Fair to Middling Women*, 1992	
1932-34	*More Pricks than Kicks*, 1934	

* Baseada nas cronologias encontradas em Kenner, Hugh. *A Reader's Guide to Samuel Beckett* (London, Thames & Hudson, 1973, p. 19-22) e em Murphy, P.J. et alli. *Critique of Beckett Criticism: A Guide to Research in English, French, and German* (Columbia, SC, Camden House, 1994), p. 119-21.

1934-36	*Murphy*, 1938	Versão francesa, 1947
1943-45	*Watt*, 1953	Versão francesa, 1947
1945-46	*Nouvelles (La fin, L'expulsé, Le calmant, Premier Amour)*, 1955* Publicadas no mesmo volume dos *Textes pour rien*	
1946-47	*Mercier et Camier*, 1970	*Mercier and Camier*, 1947
1947	*Éleuthéria*, 1995 *Molloy*, 1951	Versão inglesa, 1955
1948	*Malone meurt*, 1951 *En attendant Godot*, 1952 *L'innommable*, 1953	*Malone Dies*, 1956 *Waiting for Godot*, 1954 *The Unnamable*, 1958
1950	*Textes pour rien*, 1955* publicados no mesmo volume das *Nouvelles*	*Stories and Texts for Nothing*, 1967
1954-56	*Fin de partie*, 1957	*Endgame*, 1958
1955	*From an Abandoned Work*, 1957	*D'un ouvrage abandonné*, 1967
1956	*All that Fall*, 1957	*Tous ceux qui tombent*, 1957
1958	*Krapp's Last Tape*, 1958	*La dernière bande*, 1959
1959	*Embers*, 1959	*Cendres*, 1959
1958-60	*Comment c'est*, 1961	*How is it*, 1964
1961	*Happy Days*, 1961	*Oh les beaux jours*, 1963

1962	*Words and Music*, 1962 *Play*, 1964 (versão alemã, 1963)	*Paroles et musique*, 1966 *Comédie*, 1964
1963	*Cascando*, 1963 *Film*, 1967	Versão inglesa, 1963 Versão francesa, 1972
1965	*Imagination morte imaginez*, 1965 *Come and Go*, 1967	*Imagination Dead Imagine*, 1965 *Va et vient*, 1966
1966	*Assez*, 1966 *Eh Joe*, 1967	*Enough*, 1967 *Dis Joe*, 1966
1966-70	*Le dépeupleur*, 1971	*The Lost Ones*, 1972
1970	*Still*, 1974	*Immobile*, 1976
1972	*Nor I*, 1973 *Pour finir encore et autres foirades*, 1976	*Pas moi*, 1975 *For to End Yet Again and Other Fizzles*, 1976
1974	*That Time*, 1976	*Cette fois*, 1978
1975	*Footfalls*, 1975	*Pas*, 1977
1976	*Ghost Trio*, 1976 *... but the clouds ...*, 1977 *Collected Poems in English and French*, 1977	
1977-79	*Company*, 1980	*Campagnie*, 1980
1981	*Mal vu mal dit*, 1981 *Rockaby*, 1981 *Ohio Impromptu*, 1981	*Ill Seen Ill Said*, 1981 *Berceuse*, 1982 *Impromptu d'Ohio*, 1982
1981	*Worstward Ho*, 1983	

1982	*Catastrophe*, 1982	Versão inglesa, 1983
	Quad, 1984	
	Stirrings Still, 1988	*Soubresauts*, 1989
	Comment dire, 1989	*What is the Word*, 1990

CADASTRO
ILUMINURAS

Para receber informações sobre nossos lançamentos e promoções, envie e-mail para:

cadastro@iluminuras.com.br

A *Iluminuras* dedica suas publicações à memória de sua sócia Beatriz Costa [1957-2020] e a de seu pai Alcides Jorge Costa [1925-2016].